Chère face de clown,

Ta rencontre ~~épée~~ à l'époque universitaire a été marquante.

Nos chemins ont peut-être pris des formes différentes mais je souhaite que tu continueras à nous fréquenter encore longtemps

Ton idole
Stéphan

STÉPHA _ TREMBLAY @
HOTMAIL . COM

Les Éditions Trait d'union bénéficient d'une subvention
d'aide à l'édition de la SODEC.

Social zéro

Stéphane De Foy

Social zéro

roman

TRAIT D'UNION

Éditions Trait d'union
428, rue Rachel Est
Montréal (Québec)
H2J 2G7
Tél. : (514) 985-0136
Téléc. : (514) 985-0344
Courrier électronique : traitdunion@pierreturgeon.net

Infographie : Sylvain Boucher
Couverture : Nicolas Calvé

Données de catalogage avant publication (Canada)
De Foy, Stéphane, 1968-
    Social zéro
    ISBN 2-922572-26-9
    I. Titre.
PS8557.E357S62 2000   C843'.6   C00-940003-6
PS9557.E357S62 2000
PQ3919.2.D43S62 2000

DISTRIBUTEURS EXCLUSIFS

POUR LE QUÉBEC ET LE CANADA
Édipresse inc.
945, avenue Beaumont
Montréal (Québec)
H3N 1W3
Tél. : (514) 273-6141 – 1-800-361-1043
Téléc. : (514) 273-7021

POUR LA FRANCE
D.E.Q.
30, rue Gay-Lussac
75005 Paris
Tél. : 01 43 54 49 02
Téléc. : 01 43 54 39 15

> Pour en savoir davantage sur nos publications,
> visitez notre site www.pierreturgeon.net/traitdunion

Ce livre est dédié à mes muses de l'époque :
Nathalie Lapointe, Josée Lussier, Christophe Guyon,
Mario Tremblay, Stéphane Boivin, Linda Bélanger
et surtout Anne-Marie Turgeon.

En guise de préambule, puisqu'il faut bien commencer quelque part

Rien ne changera jamais, ici. Des murs, des parquets et des couloirs aseptisés, blancs comme une perte de mémoire. Il n'y a pas de vie, ici. Des patients, des cas particuliers et leurs tortionnaires scolarisés. Il n'y a pas de vie, pas vraiment d'amour, un peu de haine et beaucoup de médicaments. Une tonne de médicaments : neuroleptiques, Rivotril, lithium... capharnaüm. La sacro-sainte médication pour soigner ce qui ne se guérit pas. La posologie à suivre au pied de la lettre pour éviter toute forme de débordement anormal, pour te réduire à l'état minéral.

Un an cinq mois et douze jours pour se mettre en pièces détachées. Tout ce temps à se traîner les pieds sur le plancher assidûment ciré par le département de la conciergerie. Toutes ces journées à endurer avec sa sale gueule de cimetière décimé, d'égout dégoûté. Une année de perdue à se faire frotter l'intérieur avec du désinfectant, à se faire marteler, morceler en pièces détachées, à repartir avec tous ses petits morceaux et aller jouer avec sa quéquette dans son carré de sable. Une année à se faire aseptiser comme les couloirs de leur institution.

Un matin gris et pluvieux, le mauvais rêve semble s'être dissipé. L'évaluation confirme que les fils ne se touchent plus et que les nerfs se sont calmés. Puisque l'internat n'est plus dans les moyens de l'État, c'est le retour à la case en moins avec suivi externe et prescriptions en abondance. Expulsion vers le dehors. *Rebirth*. Désormais, organise-toi avec tes dîners de même que pour payer ton loyer. Avec ça, un petit peu de cul? Ce serait pas de refus. Rien ne changera jamais. En dehors ou en dedans, c'est du pareil au même. Liberté falsifiée. Libre de parler, libre de crier, de vociférer son désaccord et son désenchantement. Libre de lâcher son fou, de libérer sa soue, de s'en mettre jusqu'au cou tant et aussi longtemps que ça ne crée pas trop de remous. Ça sert à quoi de hurler comme des damnés, de hurler à s'en faire éclater les cordes vocales puisque chaque plainte se bute à la muraille de la sourde oreille? Ça sert à rien. Rien qu'à gaspiller sa salive et voir sa gorge s'assécher. Si jamais un bruit parvient à s'infiltrer jusqu'aux tympans des oreilles dirigeantes, on s'empresse – faute de s'arracher l'appareil auditif – d'aller bousiller la tête des indisciplinés. L'époque des fibres. Les fibres à bouffer pour la bonne santé et les fibres à sectionner pour empêcher les casse-pieds de gueuler et de nous emmerder et de ruiner ainsi notre bonne santé fibrée.

Terminées, les luttes contre les injustices. Terminés, les hurlements à s'en faire exploser le gosier et les crises de folie qui donnent la chienne à ceux qui en sont les témoins. Message terminé. Ne pas perdre le cap. Se le répéter : en dehors ou en dedans, c'est du pareil au même. Vérité absolue : rien ne changera jamais.

1

Sorti du trou pour aller s'empêtrer dans un autre. Tu es libre, mais libre de quoi ? Libre de te promener toute la journée, de te geler les pieds, de prendre un café dans un restaurant lorsqu'il te reste encore un peu d'argent, lorsque tu n'as pas tout dépensé à te paralyser l'esprit dans la monotonie de tes caisses de douze ? Libre de quoi ? De tourner en rond dans ta soue à cochon, de rester des heures assis dans un coin de ton abri à ronger ton frein en attendant qu'il ne se passe rien, parce qu'il se passe toujours rien.

La liberté sans arrière-goût et sans arrière-pensée parce que, en réalité, elle ne goûte rien et tu n'as plus les moyens de penser avec ta tête toute défrichée. Elle ne goûte plus rien ; tout au plus, elle a la saveur des médicaments que tu ne prends pas parce qu'ils t'empêchent de t'introspecter tout en te regardant crouler à froid, parce qu'ils te réduisent à l'état d'un navet, d'un panet pris à partie dans sa terre défraîchie.

Sorti du trou, mais pas sorti du bois. Sorti non pas parce que tu es guéri, comme tu pourrais être tenté de le croire, mais bien plus grâce à l'ère de la désinstitution-nalisation. Tu dois ta liberté aux compressions budgétaires. Tu dois ta sortie au fait que tu es dispendieux pour l'État et que te laisser crever tout seul comme un rat demeure la solution la plus judicieuse et la moins coûteuse. Comme tu l'as appris, la vie n'a pas de prix, mais les fous ont un coût.

Il faut que tu saches que les honnêtes banlieusards soutenus par leurs augustes employeurs n'ont plus le goût de voir leur revenu et leurs contributions déductibles d'impôt écoper pour le seul plaisir de te savoir enfermé. Ils préfèrent ta liberté médicamentée à la charge sociale que tu leur as trop longtemps imposée. Ils préfèrent réduire leur déficit que de restreindre tes faits et gestes. Ils préfèrent rééquilibrer leur budget tout en souscrivant à ton déséquilibre de va-nu-pieds va jouer dans le trafic pour te faire écraser qu'on entende plus parler de toé. Ils exigent de tout rationaliser, de tout sabrer au risque de voir leur progéniture se faire dépecer par des malades mentaux de ton espèce.

En vérité, tu es sorti pour qu'on sache une fois pour toutes jusqu'où tu pourras t'enfoncer, pour enfin connaître ton point de non-retour. Libéré pour ensuite t'enchaîner encore plus serré, pour te mettre au rancart et ainsi t'oublier avec encore plus de facilité, pour ne plus avoir le moindre remords à te laisser à ton propre sort... Pas de chance : tu es ici pour foutre le bordel et payer ensuite le plein prix de ton inconduite fortuite. Le Christ en moins populaire, en moins flamboyant et en moins assuré de laisser sa trace, convaincu de rester inaperçu et imperceptible. Juste un vulgaire amas de chair réduit à sa plus simple impression, à sa plus limpide insipidité. Une tête manipulée qui ne sait plus où donner de la tête. Une tête forte affaiblie par sa chute libre.

Bien que tu sois de nouveau à l'air libre, ton tour viendra comme les autres de ton espèce. Tu vas passer à la caisse comme tout le monde même si ta valeur marchande a dévalué au point de ne te faire aucun crédit, au point de t'étamper tes points sur tous tes «i». En attendant, profite au maximum de ton sursis obligé, de tes soucis engloutis dans l'inondation de tes beuveries. Profites-en et passe ton chèque, si ça te chante, à t'imbiber comme un indécrottable torchon sali à vie.

Rase les murs des brasseries comme un vrai rapace de nuit. La nuit, c'est ton réveil. La lumière du jour te rend malade. Elle te rappelle sans cesse les pièces fades et illuminées de la dinguerie. Ça te monte à la tête comme un virus à son apogée et ça te donne le goût de te crever les yeux. Ça s'imprègne à ton éveil comme une tumeur bénigne. Ton second chez-toi, c'est les tavernes de sous-sol où il fait si noir que la vie semble parfois avoir perdu toute forme de couleur. L'existence dans tout son noir et blanc avec ses règlements internes applicables noir sur blanc. Fini le rêve en couleur : marche droit devant et, si tu ne vois que du noir, cale ta grosse bière, tu verras de moins en moins clair.

Après avoir fréquenté à peu près toutes les tavernes d'Hochelaga-Maisonneuve, ta préférée demeure celle que l'on surnomme «Le refuge du *last call*». Lorsqu'il entrevoit un brin de discernement ou un début d'éclaircissement dans ta beuverie, «Pour-Voir Pour-Boire», ton barman de circonstance, vient assommer, avec sa grosse O'Keefe, tout ce qui peut te rester de lucidité.

– Bois, mon grand, tu vas te sentir pas mal mieux après.

Il a raison; plus tu trinques, plus tu tinques, mieux tu te sens. Mieux tu te sens, moins tu te sens. À l'occasion, tu arrives à totalement t'oublier. Tu t'égares dans le goulot de ta bière et tu te noies dans la broue jusqu'au lendemain matin. Quand tu te réveilles, tu te retrouves avec une tête deux fois plus grosse que la veille. Ton foie veut crier sa douleur et veut libérer sa bile et ta voix veut crier à Pour-Voir Pour-Boire qu'il aille se faire voir, qu'il est un sale menteur. Mais tu te la fermes bien fermement. Tes années de soûlographie t'ont appris que ce n'est pas le temps de dépenser ta précieuse énergie lorsque ça te prend tout ton petit change pour t'en retourner chez toi te libérer de ton trop-plein d'abus.

N'empêche que, la prochaine fois qu'il s'intéressera à ton bien, promets-toi de ne pas lui laisser une cenne de tip. Ça lui apprendra à se mêler du malheur des autres.

◻

Elle t'a retracé. Elle désire te revoir, bien plus par charité que par sympathie, bien plus pour se déculpabiliser que pour le plaisir de fraterniser avec le cinglé de la famille. Il t'est dorénavant impossible de l'affronter en état de sobriété. Ça te prend tout ton *six-pack* avant d'être en mesure d'affronter sa compassion et l'embarras flagrant que lui cause ta compagnie. Tu ne comprends pas pourquoi elle insiste pour te rencontrer. Masochisme? Elle ne te doit rien et ce n'est tout de même pas de sa faute, ni de la tienne, si tu es son frère. Elle n'est pas l'ultime source de ton existence, tu n'as pas vraiment besoin d'elle et elle pourrait fort bien se passer de toi. Tu ne lui es d'aucun service puisqu'il y a longtemps que tu te les as fait tous couper. Tu n'as ni copain, ni copine, ni père, ni mère, ni frère, ni sœur. C'est déjà suffisamment pénible de coexister avec toi-même; imagine si les autres décident de s'en mêler; de quoi devenir encore plus mêlé pour le reste de tes jours comptés.

Derrière son masque de clémence se cache son implacable verdict : coupable d'un inexplicable déséquilibre profond. Sentence irrévocable. De plus, elle s'est condamnée à mort à tenter d'orienter ton destin vers des voies moins obscures, bien qu'elle ait sans doute cessé d'y croire.

À vrai dire, ta sœur se prend pour ta mère. Ta mère, elle, ne se prend plus au sérieux. Ta sœur s'est chargée de lui dénicher un endroit paisible où elle pourra crever la conscience en paix. D'ailleurs, elle lui a expliqué que tu avais perdu la vie dans un accident de voiture, il y a de cela un peu plus d'un an. Elle l'a cru. Elle ne demandait pas mieux. Tu n'as jamais eu d'accident, jamais eu de voiture... jamais vraiment eu de mère. Trop occupée à façonner sa fille à son image. Elle cherchait à se doubler, à se dupliquer, sa fille l'a doublée au détour. Bien fait pour elle.

Seule, dans sa prison pour rebuts encombrants, la bonne femme mégalomane avec elle-même. Elle tue le temps à se souvenir d'une époque révolue enchevêtrée dans sa mémoire défaillante. Elle court après sa jeunesse lointaine comme les chiens courent après leur queue. Elle attend l'épilogue de sa vie comme on attend l'autobus coin Ontario et Frontenac.

Pour remercier sa fille de prendre aussi bien soin de son inconditionnelle condition humaine, elle lui a légué tous ses biens. La fille, fort heureuse d'être unique, s'est empressée de louer la maison, de vendre l'ameublement, les appareils ménagers, la coutellerie, une partie des vêtements dans les garde-robes, la tondeuse à gazon et même les livres de recettes pour réduire la somme qu'elle devra débourser pour l'achat de sa nouvelle résidence d'été à Saint-Sauveur.

Ta sœur, tu n'aimes absolument pas la rencontrer, tu n'aimes absolument pas lui parler parce que tu n'aimes absolument pas savoir qu'elle est ta sœur. Tu ne l'aimes pas, quoi. Tu préfères t'en éloigner. Tu te passerais d'elle volontiers. Tu préfères qu'elle se tienne à distance. Ça évite qu'elle puisse penser à t'utiliser pour se financer. On ne sait jamais : elle pourrait avoir dans la tête de vendre ta cervelle à des scientifiques universitaires pour payer une partie de sa future garde-robe, sacrament.

☐

Elle voulait te voir pour te souhaiter bon anniversaire et te donner de quoi te vêtir. Un manteau qui ne devait plus faire l'affaire de son gros porc d'époux. À quoi ça te sert puisque l'habillement n'a plus vraiment d'importance lorsque ta priorité demeure d'ennoblir le long chemin qui te mènera vers ton accomplissement final : ton anéantissement total ?

Ton anniversaire oublié : une occasion de plus pour faire ta fête. À ta santé, mon cochon. Encore ce soir, tu renouvelles ta relation avec la seule qui ne t'a jamais délaissé, jamais abandonné. Celle qui t'accompagne fidèlement depuis la nuit des temps. Ta maîtresse de verre. Celle que tu retrouves chaque fois que l'ennui se présente à ta table de déshonneur. Elle est là, en verre et contre tous, à la portée de la main, à la portée de ton maigre portefeuille dégarni comme un automne en permanence.

Bon anniversaire, mon cochon. Un portrait parfait. Attention pour la photo : une accumulation de nombreuses années d'existence dans la plus parfaite indifférence. Ni plus ni moins, ni vu ni connu, vivre et laisser mourir. Bonne fête et bois à t'en faire éclater le foie. C'est assurément ton unique chance d'avoir ta place dans les journaux : chronique nostalgique et nécrologique des décès bien mérités. Allez, tas d'emmerdes, bois pour oublier l'inoubliable, pour oublier tout ce que tu as perdu : ta raison, tes amis, ton temps et celle que tu aimais tant. Tu as l'air ridicule, assis à ton immuable table, à boire ta grosse tout en regardant dans la rue Létourneux les feux de circulation changer de couleur. Allez, bois, mon cal vert, t'es dans le rouge pis t'urines même plus jaune.

Lorsque tu surprends ton reflet dans la vitre où les ronronnants néons rouges affichent *Brassette Létourneux*, tu constates à quel point tu t'es toujours maintenu aussi bas. Tu n'adhères même pas au peuple ; tu es partie prenante du sous-peuple. Tu te renfermes dans la classe de ceux qui n'ont pas le courage de regarder la réalité en pleine face... de ceux qui n'ont pas le courage de se regarder en pleine face.

Ton miroir, c'est ton verre de bière ; tu y vois défiler toute ta vie. Plus tu le vides, moins tu y vois clair. Les feux de circulation disparaissent, les néons éclatent au contact de ton 0,8. Il n'y a que Pour-Voir Pour-Boire apparaissant fréquemment au milieu d'un étrange brouillard avec ta commande sur son plateau d'argent. Il te berce dans l'illusion et, chaque fois, tu te fais avoir comme un con.

T'es né pour patauger dans ta marde. Si tu peux te noyer dans ta broue pour qu'on entende plus jamais parler de toé, mon gros cochon. *Happy birthday*, soûlon.

☐

Tu ne te souvenais même pas que tu étais mononcle. Tu ne savais même pas que ta sœur avait enfanté un être humain. Tu croyais que les monstres engendraient des monstres et que c'est ainsi qu'ils prolongeaient leur monstruosité de dégénération en dégénération. Il ne t'était même pas venu à l'idée que ta sœur pouvait s'envoyer en l'air jusqu'à preuve du contraire. Tu croyais qu'il n'y avait que l'argent qui l'intéressait et que le reste était de l'air. Tu ne te souviendrais même pas de l'existence de ta sœur si elle n'avait la mauvaise manie de t'appeler régulièrement pour t'inviter à prendre un café au restaurant ou pour te proposer d'aller dîner chez elle. Tu l'aurais oubliée vite fait si elle ne se sentait pas le devoir de jouer à ta Mère supérieure. Chaque fois, tu acceptes qu'elle te rencontre malgré toi, comme si ça ne t'appartenait pas... Dirigé, piloté par télécommande : commande, tas de viande ! Chaque fois, tu regrettes amèrement d'avoir accepté. Mais chaque fois tu acceptes comme pour ajouter à ton malheur jusqu'à ce qu'il n'y ait plus rien à rajouter. Tu présumes qu'elle s'est mise dans la tête qu'elle avait une dette envers la société. Elle t'a choisi pour être le boulet attaché à sa cheville, pour être sa bête noire, son mouton noir. Tu parles d'un contrat.

Ta sœur : elle ne t'aime pas, pas plus que tu ne l'aimes. Elle ne t'apprécie carrément pas et elle se torture de ta présence. Va comprendre. Son mari : il te déteste. Il n'hésiterait pas à t'écarter de la circulation s'il en avait la chance. Lorsque son regard croise furtivement le tien, tu discernes des éclairs de feu dans ses yeux. Il a l'air méchant, mais tu mords plus fort que lui. Tu as la rage de dents, la rage du dedans, il le sent et ça le tient à distance pour l'instant.

Leur fille : elle t'intrigue. Ses petits yeux verts indiscrets sans cesse posés sur toi, son sourire en coin qui exprime la complicité, ses traits ténus qui appellent à la connivence. Intrigant. Profitant d'un moment d'inattention, elle a saisi l'occasion, l'autre soir, pour glisser un message dans la poche droite de ce qui s'appelle maintenant ton manteau, cadeau forcé de ton beau-frère :

«Tu gagnerais énormément à me connaître. Stimule tes rêves, tu ressembles à un mort-vivant.»

Jeudi, 20 heures, au Cheval-Blanc.

Chthonienne

Sur place et à ta place à l'heure prévue. Elle était assise au comptoir avec un chapeau slave sur la tête et un poncho qui la couvrait jusqu'aux genoux. Elle se démarquait de la masse. À ses côtés, les clients ressemblaient à de pâles doublures dont on aurait extirpé toute forme d'énergie et d'attrait. Elle régnait sur ses sujets tout en étant leur complément. Tu n'étais pas peu fier qu'elle s'attarde à un rejet de ta sorte, à un colporteur de malheur de ton espèce.

– Mon père me répète que t'es un puissant cinglé, un enfant de merde et un trou du cul. Il me dit aussi que t'es nocif pour ton entourage. Ma mère, ça la soulagerait, des fois, de te savoir mort ou du moins très loin de son existence. En attendant, elle s'oblige à veiller sur toi parce qu'elle a la malchance que tu sois son unique frère.

– Beau portrait de famille, n'est-ce pas?

– Joue au fin finaud si ça te dit, j'te parie un dix que d'ici la fin de la soirée tu vas devenir complètement amoureux. Tu vas m'aimer à en crever. T'es pas le premier et tu seras pas non plus le dernier. Profites-en pendant que ça passe dans ta cour à scrap. J'ai une proposition à te faire. On boucle nos valises et on décampe dans le Sud. On va vivre au soleil, on va faire des p'tites jobines pour payer l'essentiel, on va triper et tu vas m'aimer à te fendre le derrière en quatre. Qu'est-ce que t'en penses?

– J'pense que t'es complètement ridicule. J'pense que tu te fais des idées, pis quand ça me concerne, ça peut pas être autre chose que des idées noires. J'pense qu'à la place de donner des rendez-vous à n'importe qui, tu ferais mieux de rester chez toi, dans ton petit univers de la facilité avec ton pôpa pis ta môman; chez toi dans ta petite kriss de

18

bourgeoisie puante à faire la bonne fille de bonne famille. J'pense que t'es trop gâtée pis qu'on sait plus quoi t'offrir parce qu'on t'a tout offert, pis que la seule chose qu'on peut pas t'offrir, c'est ton mononcle en dessous de tes couvertes. Ça fait que tu veux te taper ce qu'on peut pas te payer. J'suis pas à vendre, ma p'tite chérie, pis pour c'que ça vaut, y'a même pas de quoi faire la piastre.

– T'es drôle. T'es pas mal plus con que dérangé. Si t'étais aussi fêlé qu'on le prétend, t'hésiterais pas à partir avec moi. Tu te laisserais aller pas mal plus. J'me suis trompée sur ton compte. T'es trop straight pour moi. Continue à prendre tes médicaments, peut-être que ça pourra t'aider, que ça pourra te changer pour le mieux parce que honnêtement ça peut pas être pire. Salut, le cinglé de la famille. Je dois partir, je m'en vais dormir avec un de mes amis qui me prend quand ça passe, c'est-à-dire lorsque je décide de passer. C'est possible que ça te fasse de la peine, mais ça me fait plaisir de te faire du mal. Je vais t'achever et tu t'en relèveras pas. Tu pourras même pas ramper, même pas demander la charité. Médite là-dessus, couleuvre. Chthonienne!

□

Après pareilles insultes inspirées par ta médiocrité, tu t'en retournes chez toi, tu t'assois sur ton cul, tu te débouches une bière, tu ouvres la télé, pis tu te regardes ne rien faire. T'oses même pas réfléchir de peur que les murs s'écroulent devant ton moindre effort. Dehors, il fait froid. Dedans, il fait ni chaud ni froid. Il fait rien.

Tu t'empares de ton tube de pâte dentifrice trois couleurs pis t'écris sur les armoires de la cuisine le mot RIEN... comme si de rien n'était. Tu fermes la lumière et ce n'est même pas fluorescent. On voit rien comme quand on scrute dans ta cervelle. Tu n'en peux plus et c'est là qu'une série de frissons te grimpent dessus. Quatre lettres; deux voyelles, deux consonnes, ternes, inquiétantes, passives... affreusement passives. Tu t'énerves. Tu ne tiens plus sur tes jambes. Tu te questionnes : si nous étions des moins que rien ? Moins que rien : c'est si peu. Même pas de quoi en faire un plat… même pas de quoi écrire à sa mère… même pas de quoi s'en rappeler.

Moins que rien, tu t'appliques à entretenir ton insignifiance. Tu t'assures que la barre de ta connaissance demeure au niveau du sol. Juste assez basse pour te donner la peine de raisonner comme un pied. D'ailleurs, une barre qu'on ne s'efforce pas d'élever, ce n'est pas une barre : ça devient une ligne… ta ligne de pensée. Bien basse, bien plate… la ligne des pieds plats.

Tu restes assis sur ton cul, tu te débouches une autre bière, tu te laisses absorber par la télé, pis tu te regardes rien faire. T'oses même pas parler… Peur de te surprendre à raconter des vérités. Peur de toi-même. Il fait tellement noir chez toi que la lumière du jour n'essaie même plus de s'infiltrer par les serrures de tes portes closes. Ton univers est un chantier en perpétuelle reconstruction. Construire dans la noirceur, ça donne des résultats pour le moins catastrophiques. Tu n'as qu'à te regarder aller pour t'en convaincre.

Il fait tellement triste chez toi que le moindre rire se noie dans l'écho du silence. Évaché devant ta télévision, tu peux être des mois sans ouvrir la bouche. Tu dialogues avec un sourd qui ne t'écoute pas parler, un écran qui a le cran de te bourrer la tête de platitudes abrutissantes. Tu encaisses comme un boxeur qui ne se souvient plus comment riposter. T'as jamais vraiment riposté, répliqué aux attaques qui t'étaient faites de peur que la mayonnaise tourne au vinaigre, de peur de casser quelques plats. Aujourd'hui, t'es pas plus avancé ; les plats sont intacts et t'as les pieds toujours foutus dedans.

T'as pas à te plaindre, Détritus Ier. Continue d'être gentil, souris quand on te le demande, dis merci quand c'est nécessaire, et si tu penses que t'as réellement quelque chose d'important ou d'intelligent à dire, t'as juste à lever la main, mais pas trop haut : tu pourrais déclencher une avalanche.

2

Tu as commencé à écrire un roman, si on peut appeler ça un roman. C'est l'histoire d'une marmotte qui part, à travers le monde, à la recherche de son bébé. Nul à chier, style Walt Disney. Tant qu'à mal faire, tant qu'à faire tout de travers, tu voulais faire dans le médiocre. Tu as fait pire, même pas de quoi rire. Après cinq pages, tu t'es arrêté net. Tu as brûlé ton cahier sur l'un des ronds du poêle en beuglant à maintes reprises : «L'humanité ne perd rien pour attendre.» Les murs se sont mis à cogner et toi à recogner pour en redemander, pour avoir le dernier coup. Ça t'a calmé momentanément, mais pas pour longtemps.

Tu avais dans la tête de peindre ton une pièce et demie. Après quinze minutes tu t'es arrêté net. Tu n'avais qu'un seul pot de peinture : du rouge. C'est pas reposant, un mur peint en rouge. Ça donne envie de le défoncer pour aller battre tes voisins. Ça donne envie d'être communiste, style tyran qui tire sur tout ce qui bouge parce qu'il voit rouge. Du rouge, c'est pas reposant, c'est même agressant. Déjà que ton taux d'agressivité est plus élevé que la moyenne et déjà que la moyenne est passablement élevée. Faut tout de même pas chatouiller outre mesure ton sens de la démesure, tes aptitudes pour la vengeance impersonnelle.

Pour te calmer des couleurs vives, tu as décidé d'aller au Rialto te taper un vieux classique de Fellini : *Fellini Roma*. Rendu sur place, tu as constaté que tu n'avais pas un traître sou dans tes poches. Plus de billets d'autobus. Tu es revenu à pied comme un pied qui a oublié de s'élever au niveau du cerveau. Tu t'es enfermé dans ton logement. Tu as garroché deux, trois assiettes au plafond; ça t'a un tantinet détendu. En revanche, cela a eu pour effet de faire monter le niveau de pression de ta voisine. Elle s'est précipitée hors de son logis en direction du rez-de-chaussée où séjourne depuis des siècles la grosse merde de Portugaise. Elles se sont toutes deux précipitées vers ta porte comme deux lionnes à la recherche d'une proie facile.

Elles ont cogné et recogné comme si ce n'était pas déjà assez comme ça. Tu n'as pas ouvert, même pas ta trappe. Elles ont parlé. Tu n'as pas répondu. Tu n'as même pas eu la curiosité d'écouter. Elles ont continué à parler, à gueuler leurs trop grandes frustrations. Les mêmes discours, les mêmes invectives, et les mêmes menaces qui venaient et qui repartaient aussi vite qu'elles étaient arrivées à tes oreilles. Le même ton réprobateur, les mêmes mots faibles en matière grise. De la pâture faite sur mesure pour le canal 10. De la clientèle cible pour les accablants câblo-distributeurs. Tu étais étendu à plat ventre sur le parquet poussiéreux jonché de morceaux de porcelaine. Tu t'es levé, puis déshabillé; tu as lancé tes vêtements dans la toilette, tu as tiré la chasse d'eau. Ç'a débordé et ça t'a même pas fait chier. Tu avais d'autres chats à fouetter, une crise à assumer. Tu as repris ta position initiale, puis tu t'es retourné sur le dos et tu as déversé le reste de la peinture sur ton corps. Tu as été des heures, des jours, des mois sans remuer le moindre membre. Tu espérais que la peinture te sèche dessus, qu'elle s'infiltre dans tes veines, qu'on ne puisse plus la différencier d'avec ton sang; tu voulais te fondre dans les rainures du sol. Tu voulais disparaître pour ne jamais réapparaître.

Tu écoutais les coquerelles baiser dans tes murs de carton. Tu les entendais forniquer, se reproduire par milliers. Tu les voyais gambader autour de toi, à la fois curieuses et perplexes devant l'inhabituel spectacle qui leur était offert. Tu les sentais inquiètes, ne sachant plus à quelle communauté culturelle se vouer. Tu écoutais le temps défiler, tu sentais le mutisme te meurtrir de son ennui. Tu n'étais pas beau à voir, mais il n'y avait que toi pour te voir.

Tu es rendu maintenant à l'étape des essais. Tu expérimentes jusqu'au fond de ton baril de poudre à te faire éclater en mille et une miettes. Tu te relanceras dans un nouveau roman. Tu te baseras sur ton fait vécu. Ça marche fort et ça se vend bien. La recette magique des égocentriques. Ce sera l'histoire d'une énorme coquerelle rouge qui se meurt dans la solitude d'une pièce bien trop étroite pour contenir toute la folie de sa grandeur. Une histoire plus que folle et plus que vraie où seuls les noms auront été changés, sacrament.

☐

Lorsque la Portugaise, inquiète de ne pas avoir de tes nouvelles, a pénétré dans l'appartement, elle a aussitôt pris ses jambes à son cou et elle a descendu l'escalier quatre marches à la fois jusqu'au sous-sol où elle s'est empressée d'alerter son mari. Il a appelé les flics, l'ambulance, le propriétaire, et, si sa femme n'était pas parvenue à le calmer, ç'aurait été au tour des journaux et de la presse électronique.

Lorsque les ambulanciers t'ont aperçu le corps rivé au sol et couvert de peinture, ils se sont demandé s'il n'aurait pas été préférable d'appeler en premier lieu une quincaillerie pour savoir comment te décoller du plancher. Mais, sentant l'urgence de la situation, ils ne se sont pas fait prier, avant que tu ne te donnes une seconde couche, pour t'embarquer dans leur camion de déménagement sous les regards indiscrets des autres locataires.

À l'hôpital, puisque c'est là que tu as échoué, ils t'ont sablé comme un meuble antique. Le travail terminé, tu avais la peau de la même couleur que les poulets chez St-Hubert. Pour faire changement de ton appartement, ils t'ont enfermé trois jours dans une chambre imprégnée d'une odeur de mort où les pintes de sérum te faisaient la conversation. De temps à autre, une vierge blanche, avec un slip blanc et un soutien-gorge blanc qui donnaient libre cours à ta déviation naturelle pour la fraîche chair cachée, passait te faire avaler la pilule. La pilule miracle, la pilule knock-out qui met chaos. Tu la plaçais dans ta bouche et, lorsque tu te retrouvais à nouveau seul, tu allais la recracher dans les toilettes pour endormir une fois pour toutes la chasse d'eau qui ne cessait de faire du bruit pendant la nuit.

Ils voulaient te calmer les nerfs, te projeter dans leur transparent monde de l'ineptie. Ils voulaient t'endormir pour mieux t'oublier le temps d'une pause-café, le temps d'un Nescafé, le temps d'un changement de quart, faute d'un changement de ton comportement. Si au moins ils avaient su compter, ils n'auraient pas compté là-dessus. Tu as peut-être le dedans de la tête déréglé, mais tu tiens tout de même à être conscient qu'elle se situe toujours au-dessus de tes épaules. Ainsi, tu te donnes l'heure juste pour être au fait de chacun de tes méfaits, pour être constamment sur le qui-vive même si, autour de toi, il n'y a pas âme qui vive. Mieux vaut prévenir et refuser de guérir, sacrament.

Quand ta terre-à-pute a fait irruption, tu étais lucide et ludique, prêt à jouer le jeu sans pour autant céder un pouce de ton terrain, sans pour autant céder une once de ton liquide de grand fucké. Elle t'a posé mille questions; tu la voyais venir, la vache à lait. Tu la voyais se frayer un chemin à travers ta mauvaise herbe. Fidèle à sa profession, elle souhaitait comprendre, analyser pour ensuite en tirer des conclusions qui seraient tout à ton désavantage. Elle espérait te sortir de ta réclusion. Elle avait beau en faire des efforts, tu savais ne rien céder parce que tu as la tête aussi dure que folle. À bout de souffle, ayant usé en vain de tous les trucs cachés dans son sac de spécialiste de la manigance perfide, elle t'a lancé : «Si vous refusez de collaborer, si vous ne vous reprenez pas en main, nous n'aurons d'autre choix que celui de vous demander de réintégrer pour un certain temps l'Institut.»

Vous demander de réintégrer l'Institut : depuis quand on te le demande? Pas le choix et pas un maudit mot à dire. Ta destinée, elle l'a entre ses mains et elle le sait trop bien. Elle décide, elle applique et tu n'as pas droit de réplique. Son institut, elle peut se le foutre dans son gros cul. Tu t'es juré que jamais tu ne retournerais à la dinguerie. Une fois de plus et tu vas y perdre le peu que tu es parvenu à rescaper de leur raz-de-marée thérapeutique. Il te faut à tout prix, même si ce n'est pas dans tes prix, sauver ta peau même s'il ne te reste que les os. Fais le beau, fais le sage, exerce-toi à devenir un concitoyen modèle, déniche-toi un emploi, une femme, des enfants, une tondeuse à gazon. Entretiens des relations on ne peut plus amicales avec tes voisins. Prête-leur ta tondeuse, ta femme. Donne du fric à Centraide pis aux œuvres du cardinal Léger. Arrête de boire, va vendre tes vides et va payer tes impôts avec le retour d'argent. Ainsi, on ne pourra absolument plus rien te reprocher. Tu seras blanc comme une infirmière qui porte un costume mal lavé, blanc comme de la neige usée. Tu seras amélioré comme du savon à laver, tu seras exemplaire, un exemplaire parmi tant d'autres. Tout, mais pas la dinguerie. Jamais, plus jamais. Tu nous l'a promis.

Tu vas même oublier tes vieux démons qui te hantent. C'est nécessaire. Faut pas que tu regardes en arrière. Chaque fois que le spectre de son souvenir traverse le vestibule de ta pensée, chaque fois que ses beaux-grands-yeux-qui-engloutissent-tout-l'univers t'engloutissent et te foutent tout de travers, chaque fois, rien ne peut ralentir ta descente aux enfers, pas même l'idée de te retrouver enfermé une fois de trop dans le palais des naufragés ayant perdu leurs esprits dans les mers de l'apoplexie.

☐

C'est un mal silencieux qui ronge de l'intérieur. Un long processus qui ne peut s'arrêter que lorsque les dommages sont irréparables. Jour après jour, il s'applique à détériorer graduellement ta bonne mine, ta bonne santé, ta bonne humeur. Un mal inaudible dont les mots et les plaintes ne peuvent traduire la douleur ressentie ; ce genre de mal qui fait toujours plus mal.

Tu as crié si fort que ta voix a failli éclater en mille morceaux. Tu as crié si fort que les murs qui ont le malheur d'avoir des oreilles se sont mutilé les tympans pour ne plus t'entendre. C'était un cri désespéré que l'écho n'osait plus retourner. Tu as crié à en perdre haleine, tu as crié à en perdre l'esprit.

Tu as crié, mais elle n'écoutait pas ; elle avait le cœur ailleurs. Tu as sonné la larme, mais l'incendie avait déjà fait des ravages importants. Tu as crié pour essayer de sauvegarder tout ce que vous aviez créé entre vous. Tu n'as fait qu'accélérer l'INÉVITABLE. La nuit, tu ne dormais plus. Tu la regardais respirer. Tu la regardais s'absenter. Tu contemplais ses poils se hérisser au contact de la froideur de votre chambre mal isolée. Tu l'observais dormir. Tu espérais t'infiltrer dans ses rêves pour saisir ce qui l'attristait tant. Tu la désirais comme si c'était la première fois… comme si c'était la dernière fois.

Tu lui avais promis de combler toutes ses attentes, de refermer toutes ses plaies entrouvertes. Tu étais incapable de tenir tes promesses : ses blessures étaient trop profondes. Ses beaux-grands-yeux-qui-engloutissent-tout-l'univers croisaient de moins en moins ton regard… de peur de révéler la scène finale. La nuit, elle rêvait de ce passé qu'elle n'avait jamais oublié. Tu étais sous son ombre, à ses pieds ; spectateur impuissant à transformer le cours du temps.

Tu as crié, mais personne ne pouvait te secourir. Elle est partie un matin pluvieux de novembre. Tu l'as perdue comme on perd la notion du temps. Il n'y a que la lueur de son souvenir qui subsiste. Tu l'as perdue comme on perd le goût à la vie… sans espoir de récupérer quoi que ce soit.

Elle est partie un matin pluvieux de novembre en te léguant le parfum damné de son haleine fétide, un arôme pénétrant et immuable qui la rendait vulnérable. Une odeur qui repoussait tous ceux qui ne se donnaient pas la peine de rechercher toutes les grâces dont elle était l'unique détentrice. Ses suppurations auraient pu être de la merde que tu l'aurais adulée tout autant. Absolument rien n'aurait pu t'empêcher de la serrer contre toi. Absolument rien n'aurait pu la détacher de toi. Sauf qu'elle est tout de même partie. Elle est partie, elle ne reviendra plus et tu n'en reviens toujours pas. Elle est partie un matin pluvieux de novembre et depuis ce temps l'averse n'a jamais vraiment cessé. Depuis, il y a ce mal silencieux qui ronge de l'intérieur. Un long processus qui ne peut s'arrêter que lorsque les dommages sont irréparables.

Elle est partie un matin pluvieux de novembre avec sa valise sous le bras, AVEC TA RAISON D'ÊTRE SOUS LE SEIN. Kriss que tu l'aimes, kriss que t'arrêtes pas de te le dire... Kriss que tu ne t'en remettras pas.

☐

Avec tout ton branle-bas de combat, avec tout ce que tes voisins endurent depuis que ça dure. Il fallait présumer un scénario de la sorte.

«Je suis venue vous dire que si ça ne vous dérange pas trop, on aimerait ça que vous vous trouviez un autre logement le plus rapidement possible. On compte plus les plaintes, quand c'est pas les policiers eux-mêmes qui viennent vous avertir. Ça arrête une semaine et ça repart de plus belle. Si vous partez pas, on va être obligé d'aller à la Régie du loyer et on va gagner. On sait que vous avez pas beaucoup d'argent et le propriétaire est même prêt à payer votre déménagement. Y'a des locataires qui habitent dans l'immeuble depuis quinze ans, pis de savoir que vous demeurez ici, ça fait qu'ils se sentent pas trop en sécurité. J'pense qu'ils ont un peu peur de vous. Nous autres, on trouve que c'est des ben bons locataires, pis on voudrait pas les perdre. Ça fait que... ben, ça fait que...»

Tu n'as même pas la force de répondre. Où aller lorsqu'on vous craint? Où aller lorsqu'on vous alloue un espace en souhaitant que vous fassiez le mort, en espérant que vous creviez d'ennui sans même lever le bout du petit doigt? Où aller? À l'hospice dans sa chambre non meublée, mais hyper bien capitonnée? Dans un centre d'accueil finir ses jours à faire pipi dans son lit et à chier dans ses culottes?

Que fait-on lorsqu'on n'a pas d'amis, pas de parents, pas d'amants et pas d'amour? On meurt tout court? Que fait-on lorsque vos voisins vous maudissent en catimini? On fait puis on refait ses valises, sacrament. On parcourt Montréal comme un pigeon voyageur à qui l'on a sournoisement coupé les ailes. Un oiseau de malheur qu'on chasse pour qu'il libère la place.

On t'enferme, on te libère, on te rattrape, on ferme ta trappe, on te renferme... La chasse aux désœuvrés. On t'offre la dernière chance, on te remet toutes les clefs de la liberté, on te libère toutes les routes pour que tu puisses t'y retrouver les yeux fermés. On a cependant pris soin de te redessiner un tout nouvel itinéraire dans une toute nouvelle cellule..., celle-là, grandeur nature..., prisonnier de tes cellules brûlées.

Compréhensible que tu sois écœuré de te battre contre des rideaux de fer, de te casser la gueule et d'attendre que ça se replace quand on sait fort bien que ça ne guérira pas. Normal que tu te sentes aspiré par le respir du malheur. Un respir qui ne fait qu'inspirer la défiance. L'air pur te défigure. L'eau extirpe doucement le peu qu'il te reste d'humain. Chaque matin, tu discernes avec encore plus de clarté l'Effroi qui se terrait derrière tes amas de chair. Tu en es au point de te faire peur. Tu t'ensevelis sous les couvertures. Tu fuis comme la peste le contact de l'oxygène sur ta peau. Tu te planques sous les draps, tu te coupes le souffle, tu t'enlises, tu t'enlises, tu te formolises. Tu sues fuck, tu sues phrage pour l'univers sel; tu es du sodium. Tu n'es que du vulgaire sodium, sacrament. Tu ternis ta réputation, tu brûles dès que l'air entre par les pores de ta peau stérilité. Tu réagis violemment dès que l'eau se pointe le bout de la goutte. Tu es sel de mer, tu es ta mère morte.

La Portugaise frappe et refrappe à ta porte.

– Qu'est-ce qui se passe encore?

– Fous-moi la paix, j'suis malade et c'est contagieux.

– Quoi?

– J'me désagrège sous forme de sodium.

– Du quoi?

– Du sodium comme dans bicarbonate de sodium, grosse vache.

– Je comprends pas, mais allez-vous-en. Je vais briser votre bail, mais allez-vous-en. Je veux plus de vous ici.

– Fous-moi la paix. Va torcher tes planchers et faire à manger à ton mari. Fais de l'air parce que mes propos deviennent de plus en plus salés, vieille salope.

– Vous devez partir, sinon c'est la police qui viendra vous sortir.

– Un autre jour. Si j'sors d'icitte, tu croiras pas à ça. Un autre jour, ça ira mieux.

– Avec vous, ça ira jamais mieux. On aurait pas dû vous louer. Disparaissez ou ça va mal aller.

Comme tous tes rivaux, elle a le dernier mot. Elle l'aura cherché, elle l'aura gagné. Elle va en faire une tête lorsqu'elle te verra transformé en statue de sel. Il serait dans son intérêt, si elle veut faire son ménage au travers de tout ton remue-ménage, de s'approprier une sacrament de grosse salière ou, à défaut, un sacrament de grand porte-ordures, maudite ordure de grosse tête dure.

Si tu ne t'arrêtais pas, tu l'écouterais et tu partirais. Tu te dirigerais vers le balcon. Tu refermerais la porte. Tu n'hésiterais pas. Dans un geste continu, sans aucune nuance et en toute indifférence, tu sauterais jusqu'à ce que tu tombes dans ta propre tombe. Ton cercueil se serait enfin refermé sur ta face mille fois fracassée par l'indestructible pavé. Enfin soulagé, enfin terminé.

Mais voilà, tu t'arrêtes. Juste à y penser, les jambes te ramollissent et tes couilles foutent le camp en bon pleutre que tu es. Tu t'arrêtes parce que persuadé de ne pas être encore rendu au bout de ton rouleau ; convaincu que ce qui s'en vient sera bien pire que le simple fait de te lancer dans le vide. À lire jusqu'à la toute fin ; t'attends un épilogue amplement mérité, casse de bain.

☐

«Elle vit toujours avec le même type. Pierre, je crois. Il a enfin décroché le boulot de ses rêves : ingénieur pour la Ville de Montréal. Ils viennent d'avoir un enfant : une magnifique petite fille de huit livres. Elle a les beaux grands yeux de sa mère. J'ai été lui rendre visite à Sacré-Cœur. Elle plane littéralement sur un nuage. Je lui ai parlé de toi. Je lui ai dit que tu étais sorti de l'Institut. Elle m'a priée de ne pas lui parler de toi, que c'était les choses du passé et qu'il ne fallait pas gâcher le bonheur dans lequel elle baignait présentement. Si tu voyais comme la maternité lui va bien. C'est franchement dommage qu'elle t'ait quitté. Le problème avec toi, c'est qu'absolument personne ne peut savoir ce qui te trotte derrière la tête, pas même ton ex-blonde et pas même moi, ta sœur. On est jamais sûr de rien avec toi. On nage toujours entre deux eaux avec toi. On a toujours l'impression que tu es un étranger qui ne fait que passer, un étranger qui n'a rien à dire…, qui n'a rien à nous apporter. Tu ne communiques pas, mais tu ne penses pas moins bien des choses. À la longue, ça devient angoissant et ça tape sur les nerfs. Je sais que tu te fous de ce que je peux te dire, mais je tenais à te le dire tout de même. En passant, ma fille ne cesse de m'interroger sur toi. Est-ce que ton frère a déjà été amoureux ? Pourquoi il a été interné ? C'est quoi le nom de sa maladie ? Et patati et patata... Elle m'a également affirmé que vous aviez été prendre un verre ensemble. Écoute-moi bien : je t'interdis de voir ma fille sous quelque prétexte que ce soit. Tu ne peux absolument rien lui apporter que nous ne puissions déjà lui offrir. Tu pourrais même lui mettre des choses dans la tête qui ne seraient pas bonnes pour elle. Des choses dans la tête, elle en a déjà suffisamment comme ça. Tout ce que tu touches tourne au vinaigre ; alors tiens-toi à distance. Tiens, voilà cinquante dollars, si cela peut te dépanner. Si tu en as besoin de plus, tu peux toujours m'appeler, mais fiche la paix à ma fille. C'est dans ton intérêt.» Elle t'a tourné le dos et s'est empressée de retourner à sa voiture sans même te dire au revoir.

Lorsqu'on en est rendu à acheter l'inertie de son frère, on est aussi bien de vendre son âme au premier pimp venu, on est aussi bien de vendre son cul au dernier dieu velu, on est aussi bien d'avoir la foi chrétienne pour se faire une bonne conscience de sa mauvaise conscience. Tu aurais le goût de la crucifier, la Christ, sans pitié et sans compromis : avec des clous de quatre pouces, pis un marteau d'ouvrier pour être sûr de ne pas la manquer. La crucifier sur le capot de son Acura, la faire rôtir dans son micro-ondes dernier cri... Son dernier cri, la sacrament. Lui remettre la monnaie de sa pièce. La blesser comme elle te blesse tout en te laissant sans reste.

Le soleil caresse le visage des passants ; c'est la première véritable journée de printemps. L'air est doux, les amoureux marchent bras dessus, bras dessous. Ça fait plus de deux heures que tu marches sans t'arrêter. Tu vas faire un malheur. Tu as envie de mettre le carré Saint-Louis à feu et à sang, de faire un détournement d'autobus de la STCUM, d'enculer la chatte des doigts et de la puberté, de venir dans l'orifice de la langue française, de déféquer dans un Wal-Mart, de chier sur la tête du gérant, de mordre les cyclistes, d'en bouffer un vivant avec son casque d'extra-terrestre qui t'empêche de lui fracasser sur l'asphalte sa face à claques. Tu as le goût de te déchiqueter en morceaux et de t'offrir en pâture aux chiens errants. Tu as le goût de finir ta journée comme tu as commencé ta chienne de vie : sur le mauvais pied... sur le pied de guerre. Tu as le goût de crever pour aucune raison, pour aucune cause, pour aucune de ces réponses. Tu as le goût de faire dans le minable, toi qui es déjà largement lamentable sans même te forcer.

Tu ne fais rien de tout cela. Tu as cinquante dollars dans tes poches. Tu as accepté de l'argent en retour de ton inertie. On a acheté ton atonie. Qu'on te lapide, qu'on t'empale, qu'on te sacrifie au dieu de la sainte science : tu ne broncheras pas d'une semelle. Tu avaleras la pilule au risque d'y perdre ta lucidité. D'ailleurs, tu n'as rien à perdre lorsque tout est perdu d'avance.

Tu vas t'étendre sur ce banc à coucher dehors jusqu'à ce qu'il fasse aussi noir que dans la cour de tes sentiments. Tu rêveras peut-être de contes magnifiques, des amours impossibles de nouveau possibles. On retravaillera le scénario pour que l'épilogue comble de bonheur le principal intéressé. Tu assureras tous les rôles, tu t'approprieras tout l'espace que tu désires occuper. Elle réapparaîtra et elle ne sera que pour toi, avec toi et en toi. Ses beaux-grands-yeux-qui-engloutissent-tout-l'univers. Ses beaux-grands-yeux-qui-engloutissent...

Réveille-toi ! Sors de ta torpeur, sacrament de demi-mesure de grosse maudite décimale décimée par l'indécision. Il est trop tard, enfoiré de taré : absolument rien n'empêchera les ingénieurs ingénus d'assurer leur descendance. Rien n'empêchera les faces de rat de te subtiliser ton bonheur. Rien qu'à y penser, tu as le goût de faire sauter des ponts. Rien qu'à y penser, tu as le goût de faire un malheur plus grand que le tien ; c'est peu dire et c'est beaucoup faire.

Fais comme d'habitude et soûle-toi la fraise. C'est ton unique façon d'oublier, ton seul moyen de t'échapper sans pour autant te réchapper. Mieux vaut être malade de boisson que malade d'amour; ça risque de te rester sur le cœur moins longtemps, sacrament.

☐

Elle fait fi des directives de sa mère. Elle se moque des menaces de son père. Elle passe par-dessus ta sale gueule de déficient sans mental apparent. Elle désire te rencontrer point à la ligne et point final. Elle se moque des conseils prodigués par son entourage. Elle vogue à contre-courant et ça lui va comme un gant. D'ailleurs, tout lui va comme un gant. Séduisante au possible.

Toujours aussi distincte, éminente et remarquable. Parmi la foule, on ne distingue qu'elle. Elle rayonne sur la grisaille. Une fois qu'on l'a repérée, on ne peut plus se départir du souvenir de ses yeux écarlates... éclatants. Elle semble défier la vie en conservant cette fraîcheur qui rend les nostalgiques de ton espèce rouges de jalousie. On dirait une jeune femme dans un corps de jeune fille.

— Tu dois te demander pourquoi j'insiste pour te revoir.

— Je ne demande rien.

— Tu viens chercher en moi le côté rebelle et insoumis. Et c'est cet aspect chez moi qui ressort du reste. En quelque sorte, on est fait du même sang.

— Tu parles.

— Aie pas peur, ça nous empêcherait pas de coucher ensemble. On peut voir ça comme une forme d'expérimentation. Au pire, ça pourrait donner des enfants mongols.

— T'aimes la provocation.

— Comme toi.

— À ce jeu, tu risques de te faire planter.

— Ça se peut, mais tu pars perdant puisque t'es un *looser* de profession. C'est ce qui nous différencie. J'utilise la vie et tout c'qu'elle me procure, tout c'qu'elle m'a donné pour arriver à mes fins. Alors que toi, ça sentait déjà la fin avant même que ça commence.

– Qu'est-ce que t'attends de moé que tu t'es pas déjà offert?

– Si tu commençais par sortir de derrière ton mur de faux sentiments que tu t'es construit pour faire semblant que t'es inébranlable, ce serait un bon début. On pourrait au moins commencer à rigoler au lieu de cette stupide partie du chat et de la souris. Tu devrais enfin te l'avouer. Depuis que ta blonde s'est poussée, j'suis le seul élément positif dans ta minable existence. Ta planche de salut. Comme j't'ai déjà dit : profites-en pendant que ça passe dans ta cour à scrap. Sinon, t'es aussi bien de t'en retourner toute suite ronger tes ongles d'orteils dans ton asile pis on en r'parle plus. Saisis l'opportunité.

– J'la veux pas, ton opportunité. Si on apprenait que j'ai eu une relation avec ma nièce, j'serais bon pour l'internat à vie. Déjà que j'suis à deux doigts d'un séjour de repos forcé…

– Tu l'auras, ton repos forcé, puisque tu refuses de t'agripper aux bouées de sauvetage qui sont lancées dans ta direction. Accroche-toi à toi-même, sauve-toi toi-même, ça va être à mon tour de faire de l'humour. À te voir aller, je me promets de belles études en psychologie. Tu feras un sujet idéal pour ma thèse. Tu me vaudras une excellente note, j'en suis sûre. Dans quelques années, si ça te dit, je t'enverrai une copie de mon doctorat. T'auras ainsi de quoi éponger tes éjaculations. À moins que t'aies plus la force, à moins que t'en aies plus la fantaisie, à moins qu'on t'ait déjà sectionné quelques fibres nerveuses. Tu serais mignon, décoré d'une jolie cicatrice sur chaque tempe. Personnellement, j'ai rien contre les légumes, c'est bon pour la santé.

Tu aurais pu lui rétorquer des méchancetés âpres à en décaper les chiottes. Pour une fois, tu t'es fermé la gueule. Tu t'es rapproché du piège qu'elle te tendait depuis le début, tout en la fixant du regard. Elle a cru que tu étais sur le point de la frapper. Pour la première fois, tu avais la sensation d'être face à une adolescente de dix-sept ans. Pour la première fois, tu la sentais prise au dépourvu. Elle, pourtant si forte, si vivante et si perspicace.

Tu as succombé au réconfort de caresser son visage tendu par l'impossibilité de deviner ce que tu lui réservais. Le D.J. a fait jouer une pièce de U2 : *The End of the World*... Vachement de circonstance. Soulagée, elle a posé sa tête sur ton épaule gauche. Tu l'as tendrement embrassée sur la nuque, puis sur l'oreille. Elle t'a serré contre elle de toute sa sensibilité. Tu te sentais si vulnérable, si fragile du haut de tes six pieds que la moindre bise t'aurait dissipé aux quatre vents. C'était tellement fort ce que vous aviez dans le corps qu'il fallait en retenir un peu pour ne pas vous étouffer dans les bras l'un de l'autre.

Ç'a duré et perduré des heures durant. Vous n'osiez parler, de peur d'être chassés de votre éden. Tu voulais juste la toucher, juste la serrer, juste être enfin honnête envers toi-même. Vous avez écoulé le reste de la nuit enlacés l'un dans l'autre, de peur que l'aube vous subtilise votre tendresse. Lorsqu'au petit-déjeuner elle s'est éclipsée, te laissant sa légion d'amour dans le cœur, tu avais l'impression que c'était trop intense pour continuer. Tu pressentais votre prochaine rencontre sous l'égide du déchirement. L'enivrement ne serait que passager. Tu le sentais comme ça et tu le sens encore comme ça parce que tu sais que tu as le don de toujours saboter ton bonheur. Y'a rien à faire avec une cause désespérée comme la tienne. Cause toujours, tu t'intéresses.

☐

Toutes sortes de mots dans ta tête qui passent comme des étoiles filantes. Certains s'arrêtent puis repartent sur-le-champ. D'autres s'arrêtent puis flânent dans ta mémoire en modelant des images frappantes, loufoques ou amères.

Ta tête comme une ruche pleine de pollen à titre d'isolant évitant ainsi toute forme de transparence. Ta maudite

35

caboche opaque et dévastée par les mots qui blessent, ceux qui restent et qui se logent à l'avant-scène de tes phobies comme des taches de naissance qui refusent de disparaître. Des mots aussi lourds de conséquence qu'un attentat à la pudeur et aux bonnes mœurs commis par un membre d'une de ces nombreuses congrégations religieuses bourrées d'homosexuels inavoués déchirés entre la foi et le plaisir de la sodomie. L'âme et les parois de l'anus lacérées à la grandeur de la faille de San Andreas. Apôtres de la chrétienté avec la foi sacrée aux trousses et le feu sacrilège au cul.

Des mots qui bourdonnent comme des abeilles ayant contracté la rage en butinant dans les fleurs du mal. Des mots qui s'attaquent à toute cellule fraîchement générée par un dégénéré. Des mots en panne sèche…, vides d'essence. Des mots qui te coupent l'herbe sous le pied pour y faire pousser les racines du delirium tremens. Les fondements commencent à prendre racine dans la broutille de ta broue infectieuse. À la vitesse que tu dépossèdes le dépanneur cambodgien de ses O'Keefe Extra Old Stock, ça promet d'être un sacrament de beau punch décisif à ta vie.

Elles accaparent tant d'espace, ces greffes de lettres, qu'il ne reste plus de place pour te concentrer sur ta condition inhumaine. Faute de temps, faute d'espace, faute de motivation, faute avouée à moitié expiée, tu laisses sombrer le tout dans la désolation totale et finale. Alors, tes idées lumineuses se font rares, il ne subsiste que les idées noires et les plans de nègre sur lesquels tu laisses dégouliner ton fiel d'humour noir. Si tu cédais à leurs machiavéliques penchants pyromaniaques, il y a longtemps que tu te serais fait brûler la cervelle au gaz à briquet. Par chance, tu conserves jalousement un brin de logique. Que dis-je? Un brin? Une brindille plutôt. Ta brindille de salut. Tu t'y cramponnes du bout des doigts pour ne pas l'effriter trop rapidement. Tu te plies, sans mot dire, à son instabilité fréquente.

Dès lors, rien ne peut freiner ta descente aux enfers. Impossible de savoir quand s'enclenchera la remontée. Tu attends. Tu attends longtemps, mais tu as tout le temps droit devant toi. Tu tues le temps... tout le temps. Tu attends l'ombre d'un mot qui te ramènera à la déchirante réalité. Un sacrament de mot qui te tord l'estomac comme si c'était un vulgaire torchon ruisselant. Un ou deux mots comme détournement de mineur ou incompatibilité consanguine. C'est mal parti quand, dès le départ, ça part mal.

3

Ça sonne à la porte. Ça resonne et, avec la cuite de la veille, ça résonne dans tes oreilles pour se frayer un chemin jusqu'à ta tête démolie par la lie. Tu enfiles tes bobettes qui te suivent à la trace : celle que tu leur laisses en héritage, malpropre que tu es.

La porte est à peine entrouverte qu'il se dresse devant ta gueule de bois. Tenue impeccable, cheveux courts, dentition parfaite, probablement parfait bilingue, parfumé, frais rasé : ton antithèse te rend visite. Qu'est-ce qu'il vient foutre à une heure pareille, endimanché de la sorte? Un vendeur d'encyclopédies ou d'aspirateurs? Un aspirant politicien? À moins qu'il ne soit venu te demander en mariage, sa maman étant finalement d'accord. Tu ne sais pas, mais tu le sauras puisqu'il s'apprête à ouvrir sa bouche pour laisser passer l'air entre ses belles lèvres charnues.

Calme, posé, rassurant, ce bel Apollon du dimanche est venu t'aviser que la fin du monde est proche, qu'il faut rapidement s'y préparer, que les mois sont comptés et que finalement un homme averti en vaut deux. La fin du monde : elle est bien bonne, celle-là. Depuis quand que le monde, c'est du monde? Avec ce ramassis d'immondices et de parasites ambiants qui te gruge le moral, qui te rend cynique au point de rire tout seul dans ta garde-robe vide de tout espoir de t'en sortir, si ça doit être la fin de ces rapaces, aussi bien que ce soit bientôt. Ainsi, tu pourras réserver de bonnes places avec vue sur l'hécatombe. Tout ça pour dire que voyant que tu ne réagis pas, que le végétal en toi a prépondérance sur tes restes, il a recommencé son sermon à la con. Comme si ce n'était pas suffisant, il en remet avec son Jéhovah qui viendra sauver les initiés, ceux qui savent prier, en ajoutant qu'il faut se convertir sinon vaut mieux mourir et crever en étant frappé par la foudre de l'au-delà, puis ça doit calciner son homme en verrat. Il est venu pour te convaincre et tu es convaincu que tu ne résisteras pas longtemps à l'envie de lui faire subir des mois de frustration accumulée dans ce corps si mal en point. Il l'aura bien mérité. Ce n'est pas une façon de réveiller un honnête détraqué si tôt dans la journée.

Il te regarde droit dans les yeux pour saisir les effets de son plaidoyer et il comprend à moitié puisqu'il se dit qu'il doit user d'une autre stratégie. Apeuré devant ton comportement de bombe à retardement qui risque d'épandre sa marde sur tout son environnement, il s'empresse de t'offrir la dernière publication de sa revue : *Réveillez-vous*. C'est justement ce qu'il ne faut pas faire.

Il finit par comprendre qu'il vaut mieux ne pas insister et s'en retourner prier dans sa mosquée afin que tu sois l'un des premiers à brûler; bien fait pour ta sale gueule d'athée. Avant de se pousser une fois pour toutes, il insiste pour soulager sa vessie, libérer son divin pipi.

Il se dirige vers les chiottes et glisse sur une de tes vides qui traîne nonchalamment sur le plancher. Ça lui fait perdre l'équilibre et sa tête frappe violemment le coin de la table de cuisine. Assommé raide. Jéhovah dans le coma. Allah dans de beaux draps. Chanceux comme tu es, la prochaine fois tu tomberas sur le maire qui vient découcher dans ton trou pour se faire du capital politique.

Il ne bouge plus. Son bel habit est souillé par les corps morts qui collent au plancher. Une tache de sang apparaît sur le parquet. Te voilà bien organisé avec ce comateux étendu de tout son long qui perd sa vie par la brèche qu'il s'est faite derrière la tête. Tu dois réagir, intervenir, trouver une idée même si elle est mauvaise. Elle ne peut être que mauvaise : elle vient de toi. Un bandeau, improvisé avec une de tes guenilles, autour de sa tête pour contenir l'écoulement, pour éviter sa fin du monde. Bien. Le bouger de là. En le transportant dans ta chambre sur ton lit, monsieur le non-désiré s'installe et, par-dessus le marché, tu réalises qu'avec un dossier épais comme le tien l'incident risque de se retourner contre toi.

Ton sang ne fait qu'un tour et le tour de la question est vite réglé : il ne faut pas que cela se sache, il faut que tout cela se cache. Sinon, tu seras le premier suspect, le premier appelé à témoigner à la barre des accusés, le premier arrêté et le dernier des derniers. Lorsqu'il aura retrouvé ses esprits, ses souvenirs de l'incident demeureront flous et c'est sur ta tronche d'orang-outang que porteront tous les soupçons. Pas question qu'il se pousse; ta peau à sauver avant tout.

Les mains solidement attachées derrière le dos, les pieds joints fermement enchaînés avec cadenas en boni, les lèvres soudées par une tonne de chatterton (du tape électrique, sacrament), ficelé comme un saucisson, il n'ira pas loin pour ne pas dire qu'il n'ira pas du tout. Ligoté de la sorte, tu as tout ton temps pour réfléchir sur son sort et sur le tien. Ta destinée est désormais intimement liée à cet adepte d'une secte. Pour te consoler, tu te dis qu'un témoin de Jéhovah ça ne peut qu'être un plus pour ton karma. Allez, tas d'emmerdes, on en cale une à ta santé et ne la laisse pas traîner. Fantastique. Un si beau début de journée.

☐

C'est clair que tu n'aurais pas dû. Tu savais bien qu'en la côtoyant, c'est la guigne qui s'abattrait sur autant de beauté. Non satisfait de t'y frotter, tu as poussé l'injure jusqu'à la baiser. Ce n'est pas parce que cela reste dans la famille qu'un tel geste doit être banalisé. Au contraire : ça ne fait que confirmer l'hypothèse que tu demeures un type foncièrement malsain et que prendre l'initiative de t'enfermer est un service à rendre à la société.

Dès que tu ouvres ton cœur, ce sont de grands flots de malheur qui viennent secouer les longs fleuves tranquilles. Ferme ta boîte, ferme ton cœur puis monte en haut tu nous écœures. Ta malédiction, tu devrais la garder pour les grandes occasions au lieu de la refiler sans aucune distinction à tout ce qui bouge dans ton environnement immédiat. Tu rends la vie impossible même à ceux par qui tu tombes amoureux.

Celle qui, dernièrement, s'est faufilée jusqu'à ton cœur à la manière d'une passagère clandestine. Celle qui s'offre tous les droits et tous les mystères tout en te laissant mijoter dans ta grande noirceur. Elle s'est curieusement volatilisée en prenant soin d'effacer toute trace de sa présence pour ne laisser aucune piste derrière et devant elle. Pour être franc, elle ne laisse que des meurtrissures dans ta chair vive. Chthonienne : disparue sans aucune explication, sans aucun motif explicable.

Elle a quitté le domaine familial, pendant la nuit, emportant le strict minimum, c'est-à-dire elle-même. Elle avait un rendez-vous chez le médecin puis ensuite, plus rien. Tu te demandes bien ce qu'ils lui ont raconté comme vacherie, ces bouchers des temps modernes. En premier lieu, il fallait supposer une passagère fugue d'adolescente. Quelques jours se sont écoulés avant que ses lamentables parents ne mettent la police à sa recherche. Ils ont composé le 911, le chiffre magique, l'appel à l'aide à la disposition, entre autres, de l'insécure banlieue. La sympathique force de l'ordre qui vous coffre en moins de temps qu'il n'en faut pour poster une pension alimentaire. La brigade des bovins qui foncent sur tout ce qui grouille comme des taureaux, qui prennent tout au mot même s'ils sont incapables d'en épeler un.

Malgré les recherches et les pleurs, elle demeure introuvable. Aucun indice qui pourrait diminuer la puissance de tes angoisses quotidiennes. Tu visites et revisites tous les bars et les cafés où elle avait l'habitude de répandre la lueur aveuglante de son magnétisme. Pas de nouvelles, pas de signe de vie depuis belle lurette. Absente à plein temps. Tu égouttes tes soirées à boire de la bière, seul, en attendant l'Inattendue. Tout vient à point à qui sait attendre. Alors, attends. Pour ce que tu as d'autre à faire.

□

Qu'est-ce qu'il a encore à vagir comme un vendeur d'assurances qui ne trouve plus son siège social. On entend que lui dans l'appartement, même s'il a du ruban adhésif plein la gueule. Ça mine ton moral et ça te met les nerfs en boule, toi qui les as déjà à vif. Il n'est pas question de donner suite à ses supplications, pas question de jouer les cœurs tendres ni de tendre la main à son prochain parce que le prochain à payer le prix d'une telle compassion ne pourra être que ton humble personne.

Les premiers jours, lorsque tu pénétrais dans ta chambre, tu ne pouvais que te laisser attendrir devant son air de chien battu, ficelé de la tête aux pieds, la bouche enrubannée à triple tour. Spectacle désolant que tu t'es empressé de camoufler sous un sac de papier brun. Deux trous pour les yeux et un pour le nez, tout de même pas si sans cœur que ça, le gars. Ça n'a pas donné les résultats escomptés : on aurait dit un partisan du Canadien, humilié d'être bafoué dans son amour-propre. D'ailleurs, peu importe ce que tu lui fous sur la tronche, son regard implorant parvient chaque fois à attirer ton attention.

Aucun risque à prendre. La chambre est désormais condamnée. Pas question de le nourrir, ni même de lui enlever son bâillon. Une fois qu'il aura recouvré la parole, il en profitera pour ameuter tout le quartier. Pas question de le libérer de ses chaînes pour l'emmener faire sa promenade ou faire son petit besoin. Qu'il urine et qu'il chie dans ses beaux habits. Ça lui apprendra à dépenser des fortunes en costumes d'apparat. Aucune chance à prendre, sinon c'est le large qu'il prendra et tu t'en mordras les doigts à perpétuité.

Ses petits cris étouffés parviennent de nouveau à tes oreilles. Tu ne sais plus que faire. Lui faire la peau ou te zigouiller les tympans? Tu fermes les yeux. Tu prends de grandes respirations. Tu te concentres du mieux que tu peux. La transe du damné. «Ferme-la, ferme-la, ferme-la.» Tu reviens à la réalité et tu n'entends plus rien, même plus les bebittes qui te grugent l'hémisphère gauche. Il l'a fermée. Il a arrêté son cirque et ta panique s'est transformée en respiration lente et profonde. Tu es fier de toi. Tu es désormais convaincu que tout est à la portée de ta concentration. Ça te donne tout à coup des idées cochonnes. Tu te mets dans la tête qu'il t'est possible, par la seule force de ta pensée, de t'incruster dans les songes de la jolie petite Chinoise de l'appartement du bas. Tu te persuades que tu pourras la faire jouir comme jamais elle n'a joui... comme jamais tu ne l'as réussi dans ta vie. Juste par la force de ta pensée. Faut y penser.

Tu t'assois pour mieux te concentrer, pour mieux la sentir s'exciter. Tu appuies ton oreille gauche contre le plancher pour l'entendre gémir et se lamenter. «Jouis, jouis, jouis et rejouis pour que je me crosse d'aplomb.»

Tu as tout attendu et rien entendu. Pourtant, tu y a mis tant d'efforts et de concentration. Tu y croyais si fermement que tu as failli en étendre partout sur le plancher de bois franc. Rien, absolument rien. C'est le calme plat. Tu colles de nouveau ton oreille sur le plancher. Tu entends de légers gémissements. Que c'est excitant. Tu vas venir en moins de temps qu'il ne faut pour crier : «Place Tianan men, a va jouir, la p'tite chienne.» Les plaintes se font de plus en plus insistantes. Tu sens que c'est sur le point d'aboutir. Sacrament, c'est pas la petite chinoise; c'est le témoin qui recommence ses jérémiades.

Tu te précipites vers la chambre. Ça va chier pour de vrai. Tu te focalises sur ce corps inerte qui ne demande qu'à être secoué brutalement pour se remettre à vagir, à espérer courir pour s'enfuir de ta folie furieuse. Les coups partent tout seuls pour échouer sur cet amas de chairs privé de liberté, livré à ta médiocrité. À le voir se tortiller de la sorte, tu présumes que les coups portent et que c'est souffrant pour celui qui les reçoit. Ce n'est guère mieux pour celui qui les donne. À force de tabasser, tu te découvres à nu. Ta muraille est percée et tu laisses paraître de grands bouts de ta vulnérabilité. Tu perds la boule pour des broutilles et tu t'acharnes sur un innocent. Te voilà à des années-lumière d'avoir des comportements normaux. Va te faire soigner comme il le faut.

Ça suffit. C'est ridicule. Le ridicule ne tue pas, mais il ne glorifie pas non plus. Si tu continues, c'est lui que tu tueras. À bout de souffle, tu quittes ton gîte sans même verrouiller et tu vas t'oublier à la taverne du coin. Venu à bout du premier pichet, ta décision est prise. Il ne doit pas sortir vivant de ton infect trou. Il ne doit plus sortir du tout. Tu sais ce qu'il te reste à faire et, pour le faire, tu devras te munir d'une sacrée paire de couilles, gros couillard de trouillard.

☐

Visite-surprise, impromptue. Ce genre de visite, tu peux toutefois fort bien t'en passer. De la visite de compte en souffrance. Comme si tu ne souffrais pas déjà assez comme ça. Tu n'as rien payé et il va sûrement en profiter pour se payer ta tête de compteur de balivernes.

Il se pointe dans le cadre de la porte avec son air penaud en t'expliquant qu'il se voit dans l'obligation de te couper l'électricité, tes frais augmentant à vue de kilowatts. Voyant la misère dans laquelle tu baignes, il verse une larme hydraulique en te disant qu'il te laisse encore la journée et qu'il repassera faire son ingrat devoir demain dans l'après-midi, à moins que tu ne lui fasses un chèque avec un fonds cette fois-ci. Pas de chance, tu es une chute en chute libre et le fond du baril n'a pas encore été atteint.

Pour s'assurer si tu as bien compris, il te répète sa bouillie pour les rats de ton espèce. Il a beau répéter, tu ne saisis pas. Tu ne te ressaisis pas. Tu ne lui réponds tout simplement pas. Tu l'écoutes à peine. Tu te fiches de sa compassion au même titre que tu te fiches des bénéfices que peuvent faire ses bedonnants supérieurs en surexploitant les lacs, les rivières, les forêts et la nature humaine poussée à la consommation démesurée d'hydroélectricité. Tu te fiches qu'il soit monteur ou percepteur et qu'il s'en mette dans les poches et qu'il t'en mette plein la gueule, parce que tout ce que tu souhaites, c'est qu'il te fiche la paix, point final, compte final. Tu te fiches d'Hydro-Québec et de sa politique d'économie d'énergie et tu te fiches de savoir si les travailleurs de la Baie-James se gèlent les noix à quarante degrés sous zéro et s'ils peuvent se les réchauffer le week-end en couchant avec les Esquimaux.

Tu te fiches de la clarté du jour; tu te prépares à la grande noirceur. Tu as dévissé toutes les ampoules : cent watts, soixante watts, quarante watts, vingt-cinq watts. Elles y passeront toutes sans aucune discrimination wattale. Tu en balances une toutes les dix minutes par la fenêtre ouverte. À tour de rôle, elles se fracassent sur l'asphalte craquelé de la rue Cuvillier. À tour de rôle, elles y vont du même cri, du dernier cri. Chaque fois, un écrasement total, général, électrique. Chaque fois, il y a un peu moins de lumière, un peu plus de confusion. C'est l'heure de ta grande dépression, de ton immense dépréciation.

Les ampoules ne te satisfont plus; tu as le goût de tout jeter par la fenêtre : la table, la chaise, le poêle, le frigidaire, l'évier, le témoin de Jéhovah, les rideaux, la porte-patio, une partie du plancher, le contre-plaqué, la céramique dans la salle de bains avec les *silver fishes*... Tu t'en fiches. Après avoir éjecté le tout, tu as même le goût de te balancer par-dessus bord, de fuir ta rage, à l'abordage de tes cordages pour les couper afin d'échouer et de crever bien disloqué dans ton ménage. Mourir au bout de ton rouleau sur ton tas d'ordures.

Vingt-deux heures et quelques : il faut que tu te calmes, que tu te reprennes sinon ça n'en finira jamais jusqu'à ce que ça finisse dans le mal le plus monumental. Irrésistible besoin de te taper un peu de musique pour adoucir tes outrages aux bonnes mœurs. Il te reste la radio et un sursis électrique. Tu branches l'appareil et tu syntonises à t'en esquinter le bout des doigts. Épuisé, désillusionné, tu stationnes l'indicateur numérique sur une station statistiquement populaire, donc stylistiquement bidon. Ça ressemble à un produit sans âme, à une ligne directrice qui se dirige tout droit vers son abîme. Ça ressemble à un cinq à sept dans le domaine du showbiz avec des faces d'hypocrites et des sourires forcés. Ça ressemble à la société dite moderne. Ça ressemble à presque rien.

Grâce à son céleste téléphone cellulaire, une jeune cadre de chez Northern Telecom a joint, entre deux publicités, le célèbre animateur radiophonique afin d'informer les auditeurs qu'un type avait l'intention de se livrer au courant du fleuve Saint-Laurent et que, par conséquent, le pont Jacques-Cartier était interdit à la circulation et qu'ainsi elle suggérait aux automobilistes d'emprunter une autre voie d'accès pour quitter ou pour réintégrer Montréal.

Quelle prévoyance, quelle conscience collective. Pendant qu'un type, un seul, a dans la tête de mettre fin à ses jours (ou tout simplement d'attirer l'attention, il en a besoin), elle pense au bien-être de tous les conducteurs de la métropole et de sa sécurisante banlieue où les jeunes n'ont rien de plus intéressant à faire que de se pendre dans leur chambre au sous-sol. Un véritable acte de bravoure, un réel petit velours, un geste d'humanité dans notre société déshumanisée. Nommez-la ministre ou tout au moins présidente. Nommez-la directrice de la Société de l'assurance automobile du Québec, pour que tu aies le mérite de lui faire don de tes points de démérite.

Si tu avais l'ultime privilège de la connaître, tu l'étoufferais dans sa Mazda, dans sa Jetta, dans son extrême indolence du désespoir. Tu l'imagines curieuse, mais détachée de tout ce qui s'active hors des balises de son égotrip. Juste assez de culot pour s'en laver les mains et en sortir purifiée, juste assez de présence pour ne pas être impliquée. Visage de marbre, verrouillée dans son cocon-voiture, bien assise dans sa bulle à haute sécurité; la liberté de chacun prend fin où la carrosserie de son automobile commence, sacrament.

Au lieu de t'apaiser, ça t'a monté à la tête. Il y a encore trop de luminosité. Tu veux un black-out total à la grandeur de ton désarroi intérieur. Tu te séquestres dans ton garde-robe en compagnie de ton linge inexistant qui n'existe que dans tes rêves. Tu ne bouges plus l'ombre d'un doute. Tu ne te lèves même plus pour l'essentiel; ils en feront, une tête, les percepteurs et les huissiers lorsqu'ils te découvriront barbotant dans tes excréments. Ça gâchera leur plaisir de te laisser geler tout l'hiver comme une vieille crotte dure, dure de comprenure. Tu leur promets un spectacle à la hauteur de tes bassesses. Tu leur réserves de grands Cris qui te sont traditionnels. Tu leur concoctes une danse du déluge pour qu'ils s'enlisent une fois pour toutes debout dans ta merde de boue. Tu leur prépares un grand débordement qui fera sauter le barrage de ta rage trop longtemps réfrénée. Si ton spectacle leur devient insupportable ou si ça les emmerde trop, ils n'auront qu'à te foutre dans leur camion et à te larguer par-dessus le pont Jacques-Cartier. Même pas la peine de te mettre dans un sac de couchage, même pas de quoi créer un début d'embouteillage.

□

Espèce de gros jambon enfumé, grosse varice sur deux pattes, le cul bien assis sur son insignifiance, les jambes bien écartées comme pour un accouchement laborieux. Espèce de gros laborieux. Toujours là, minimalement évaché sur son mini-perron à la recherche de son souffle étouffé par sa prédominante masse de graisse. Toujours en quête d'une éventuelle conversation avec un voisin trop bon Samaritain pour l'envoyer carrément chier. À force de l'avoir dans la face, tu as le goût d'aller te faire vasectomiser sur-le-champ pour qu'aucun de tes enfants puisse un jour être en contact avec ce foutu restant d'avortement.

Du haut de son balcon, il te semble bien bas. Il ne parle que de la température…, parano de la météo. Impression sur la haute pression, sur la dépression en provenance de l'est, en provenance de l'ouest, en provenance de lui. Printemps tardif, automne pluvieux, été trop chaud, hiver trop froid. À l'image de son appétit : insatisfait à longueur d'année. Plantureuse plaie platonique en plainte permanente. Sa permanence, il la vit sur sa galerie face à ton unique fenêtre.

Il t'obstrue la vue, t'obstrue de tout ce gros trou sans fin, cette fosse septique à ciel ouvert. En revanche, il t'ouvre l'appétit, il te donne faim même si tu n'en as pas les moyens. Il te donne faim de bouffer de l'être humain ; une bonne portion, bien engraissante, découpée au hasard de la cisaille dans son ventripotent sternum unidimensionnel. Il t'aiguise la canine. Il te donne faim de la mordre là où ça fait mal.

Y a-t-il quelqu'un pour le ramasser ? Y a-t-il quelqu'un capable de le soulever pour aller le foutre au recyclage ou l'enfermer à perpétuité dans la salle de lavage ? Si tu appelles à la SPCA pour qu'ils viennent le chercher, le prendront-ils pour un animal lui qui ressemble bien plus à un tas de purin qu'à une bête apprivoisée ? Tâche excessivement difficile que celle de se débarrasser d'un voisin non désiré. Surtout que malgré son insipidité prononcée il a tout de même appris à parler. Il est capable de vendre cher sa chair atrophiée même si sa plaidoirie demeure à tout le moins primaire, pour ne pas dire primate. La question demeure : y aura-t-il enfin une âme charitable capable de te soulager, capable de le liquider une fois pour toutes sur le marché noir, le passer au hachoir pour le vendre en contrebande, le mettre en morceaux, le négocier à l'unité sur le marché des viandes avariées ? N'y a-t-il vraiment rien d'autre à faire que de le supporter à longueur d'année ? Tu t'y refuses. Il ne cesse de te couper l'herbe sous le pied ; tu es exténué, affamé.

Il t'insupporte, cette gourde d'engrais goulu dont l'estomac surplombe les talons, cet horripilant fessier terreux qui domine tout le voisinage de son odeur pestilentielle à en écailler la peinture fraîchement étendue, à en ternir l'émail des dents les plus resplendissantes. Le roi de la sudation. Il exsude sa merde à qui veut bien le sentir. Et chaque fois il s'en tire, faute de réglementation sur la transpiration de ces espèces de gros jambons. Dieu qu'il transpire ! Pire : il sue. Il sue au vu et au su de tous. Loin de son esprit d'être gêné, ce sans-gêne tout déformé. Il sue autant qu'il te fait suer. Il sue toute sa substance en toute impunité sur le balcon de son beau logement subventionné. Il est subventionné pour suer. Il sue tout ce qui lui passe par le ventre : ses chips au bacon, sa grosse liqueur, ses tablettes de chocolat au lait à deux pour une piastre, sa gomme balloune, sa réglisse noire, ses bonbons à la cenne, ses suçons au sucre d'orge, ses suçons-liqueur, sa crème glacée trois couleurs, ses biscuits au mashmallow, ses p'tits gâteaux Vachon, ses tartes Stuart, sa pizza du restaurant du coin, ses hamburgers du restaurant du coin, ses hot-dogs du restaurant du coin, ses patates frites du restaurant du coin et si on ne l'arrête pas, ce sera peut-être le restaurant lui-même qui y passera. Sa déglutition n'a d'égale que sa digestion. Son alimentation n'a d'égale que toutes les ordures enfouies à la carrière Miron.

Tu le regardes aller, sans savoir où ça s'en va, sans prévoir où ça mènera. Tu le regardes et tu n'as pas le choix, puisqu'il est toujours là au mauvais endroit. L'avoir continuellement dans la face te fatigue la vue. Ta vue baisse, baisse et rebaisse jusqu'à la hauteur de son postérieur : quelle horreur ! Plus ça baisse, plus tu paniques. Au rythme où le processus s'amplifie, tu vas prochainement faire un malheur, mais tu ne verras pas sur qui. Tu espères sur lui. Il t'obstrue, il s'insinue, il sue, il te donne faim. Il te donne faim des émissions. Bonne faim de soirée et à demain même heure, même perron. Gros colon... gros pas bon.

☐

Tu regardes filer ta vie. Encore une fois, l'heure est à l'introspection. Impression d'être dans un mauvais film mal tourné, mal dirigé, mal filmé. Un long, très long, très très long métrage sans artifices, sans épices et plein d'épais. Ça paraît interminable et ça l'est d'autant plus que le scénario est nul et les comédiens laissés à eux-mêmes. Bref, une distribution à chier pour un film hautement laxatif néanmoins subventionné par l'État qui n'a rien d'autre à faire que de promouvoir la prolifération de la merde d'un océan à l'autre.

L'acteur principal est une véritable calamité sur grand écran. Il n'est même pas à la hauteur de sa lamentable situation ; c'est peu dire. Même s'il baigne dans le drame, il ne fait que jouer la comédie. Pour sa défense, il faut souligner qu'on lui impose un rôle que tout comédien libre d'accepter refuserait sur-le-champ. Le malheureux n'a d'autre choix que de consentir à assumer la tâche ingrate, car c'est le rôle de SA vie. Une vie où il n'y a pas de quoi faire un drame et encore moins un film. Mais voilà, il est trop tard pour reculer et il faut bien avancer même si, devant soi, l'éclairage et les éclaireurs se font de plus en plus discrets, voire absents.

Les concepteurs de ce cataclysme cinématographique, de cette abjection indigne du septième art, ont une façon de procéder pour le moins hors du commun. L'improvisation et la rapidité d'esprit de l'Acteur principal créent, en partie, l'essence des dialogues du trop long métrage... Paresse ou autopunition ? On donne la réplique à un personnage secondaire et l'antihéros se démerde avec la suite.

51

Le grand foutoir, scène 32, prise 1 :

– Quand on baise, ça me procure si peu de plaisir que je pourrais faire ma liste d'épicerie en même temps.

– Y'a de quoi vous couper l'appétit.

Le grand foutoir, scène 32, prise 2 :

– Quand on baise, ça me procure si peu de plaisir que je pourrais faire ma liste d'épicerie en même temps.

– N'oublie pas de marquer des chips et de la bière.

Le grand foutoir, scène 32, prise 3 :

– Quand on baise, ça me procure si peu de plaisir que je pourrais faire ma liste d'épicerie en même temps.

– Chérie, préfères-tu que je vienne dans ta bouche ou sur tes seins.

T'es vraiment insignifiant. Même pas foutu de donner une réplique le moindrement intelligente. Ça ne colle pas du tout. Pour une fois dans ta maudite vie, cesse de faire le pitre, cesse la bouffonnerie et vas-y avec tout ce que t'as dans les tripes.

Le grand foutoir, scène 32, prise 4 :

– Quand on baise, ça me procure si peu de plaisir que je pourrais faire ma liste d'épicerie en même temps.

– Sache que ça me fait très mal ce que tu me dis. Si tu cherches à me transpercer le cœur avec ton épée insolente, sache que tu as atteint ton objectif. Je souffre parce que tu m'attaques dans ce que j'ai de plus intime et de plus sincère à t'offrir, je souffre parce que j'ai mal et que malgré tout je t'aime quand même.

Trop dramatique, trop théâtral, trop intense pour que ce soit crédible… On fait du cinéma, ici. T'es nul, tête de mule. Tu ne fais pas rire, tu ne fais pas pleurer : tu fais dur, tu fais chier.

L'antihéros se retrouve enfin seul sur le plateau, maître de ses actes et pensées. Enfin maître de lui-même. Il vit platement sur ce plateau qu'il ne quitte désormais plus, ce plateau qui, désormais, le domine à la perfection. Chaque jour, il s'offre en pâture à ses despotes sur leur plateau d'argent… Étuvé comme un pigeon voyageur ayant contracté, l'air de rien, le mal de l'air. Il aimerait s'envoler loin de cette mécanique infernale qui aspire un peu plus chaque fois ses émotions brutes. Mais, il se sent noué à ce rôle qui ne peut être que le sien. Il utilise la mauvaise méthode; il ne joue pas, il n'incarne pas : il est... dans la mesure de l'impossible. Il est ce qu'il est et ça frise le ridicule, le film d'horreur. Un classique du cinéma d'erreurs : de s'être exposé à la vue de tous en acceptant sans condition toutes les conditions, d'avoir été tellement véridique que ça passe dorénavant pour de la fausseté, d'avoir accepté la transparence pour le plaisir de ces voyeurs qui ont les yeux plus grands que leur dépense, pour le plaisir de ces crosseurs malpropres qui vous fixent le portrait en cinémascope.

Impression d'être dans un plus que mauvais film ne comportant ni scène de violence, ni scène de nudité, ni scène de ménage. Juste des scènes de stupidités. Aucun coup d'éclat, aucun coup fourré, pas même une minute de suspense. Pas d'artifices : juste une caméra fixe pour fixer dans le temps, le temps qui passe sans que jamais rien ne se passe. Une approche néoréaliste du néo-nowherisme. Mince, très mince. Un projet qui passera inaperçu comme il se doit. Une seule copie, une seule représentation. Dieu merci.

☐

Pus d'courant, pus d'téléphone, pue d'la gueule parce que pus d'pâte dentifrice. Pus d'linge propre, pus d'nourriture, pue d'la raie parce que pus d'papier d'toilette. Tant bien que mal, tu t'la nettoies avec de l'eau à l'aide de ton majeur... comme en Asie centrale, sacrament. Sensation plutôt repoussante, le lendemain de la veille, lorsque t'as passé la nuit à vider ta douze en t'empiffrant de pop-corn. Le torche doigté à la nord-américaine où tu n'as pas assez de tes dix doigts pour faire le ménage. Sur le coup, ça semble dégueulasse, mais ce n'est pas si répugnant que c'en a l'air. Les doigts, c'est comme le cerveau : ça se lave.

Malgré les bas impératifs auxquels te confronte ton récent quotidien désobligeant, tu n'en demeures pas moins un homme. Un homme bien bas d'instinct, mais tout de même un homme. Un mâle hermétique et émétique qui sent sa libido lui faire perdre la tête tout au profit du bas de sa ceinture. Une violente poussée pour la chair de femme, une rage de sexe, toujours le sexe et rien que le sexe. Tu donnerais ta verge à l'Association des ravagées par les vergetures pour avoir une chatoyante chatte en pleine figure. Un bouton d'or bien rouge et bien salé prêt à chatouiller, prêt à mâchouiller, prêt à consommer sur place, prêt à emporter au paradis des gémissements, des tortillements et des déhanchements sans fin.

Une rage de sexe à la grosseur de ton gland et à la grandeur de ton foutre. Ça fait une éternité que tu n'as pas giclé. Plus ça s'accumule, plus tu ne réponds pas de tes actes futurs. Tu dois avoir quelques milliers de têtards féconds accumulés dans le fin fond de ton scrotum d'homme. Tu as la poche lourde et la grossièreté légère. Tu aimerais tant entreposer le tout dans une bouche bien humectée, précédée de lénifiantes lèvres bien pulpeuses ; déposer ton infâme semence dans les tréfonds d'une gorge aussi profonde qu'une mine de charbon de bois.

Une rage de seins : de gros tétons bien fermes à en faire éclater en un éclair ton éclatante fermeture éclair. Coincer son membre entre les deux pour immortaliser l'inqualifiable bonheur de lui en mettre plein la gueule. Deux alléchants mamelons bien roses en attente qu'on leur bave dessus, qu'on les mordille à en oublier son nom de famille. Une saisissante poitrine à vous rendre orphelin du jour au lendemain, à vous faire bander jusque dans l'âme *ad vitam æternam*.

Deux cuisses bien lisses, bien musclées et bien proportionnées toute proportion gardée qui vous montrent le chemin de l'abandon. Deux insaisissables jambes, longues comme la Transcanadienne, qui vous endommagent les reins à force de serrer sans relâche même les jours fériés. En avoir juste une entre les pattes pour déclarer tes nuits ouvrables : c'est tout ce qui t'intéresse pour qu'on oublie tout le reste. Une demande non renouvelée et non renouvelable. Si elles pensent, toutes autant qu'elles sont, toutes autant qu'elles t'ignorent et qu'elles lèvent le nez sur ton organe d'Achille, si elles pensent que tu vas t'autosuffire, que tu vas devenir un adepte de la branlette pour te remettre dans ton assiette, si elles pensent ça, c'est qu'elles ne pensent carrément pas. Tu vas attendre le temps qu'il faudra. Tu tends ta perche et, connaissant la nature humaine, le poisson mordra tôt ou tard à ton hameçon. Une fois qu'une aura été capturée, les jambes ne lui recroiseront pas de sitôt.

Pour le meilleur et surtout pour le pire, pour atteindre le fond du baril une fois pour toutes, qu'on en finisse pour que ça se remplisse. Fourrer pour mieux refourrer pour mieux ne penser qu'à la chose. Être obsédé pour mieux le clamer et le proclamer. Être désaxé pour mieux se faire approcher par une recherchiste de Claire Lamarche à la recherche d'émotions fortes. Passer à la télé et vociférer des obscénités en direct à des millions de téléspectateurs friands d'émotivités surbanalisées.

Tu as beau fantasmer puis refantasmer, te faire de l'opposition entre les diverses positions, te faire le missionnaire de ton désir de la chair, rien ne se passe. Plus le goût du cul s'accentue, plus tu es dur et plus tu endures. En attendant ce qui n'arrivera peut-être plus jamais, tu vagabondes ta loque humide comme une vieille croûte trop sèche pour tremper dans quoi que ce soit, trop sèche pour faire mouiller qui que ce soit.

Une rage de sexe qui expose à la grandeur de ton corps toute une panoplie de pustules tout aussi intoxicantes les unes que les autres. Une rage de sexe qui t'irrite à la grandeur des zones érogènes. Piètre au lit comme tu es, c'est bien tout ce que tu m'irrites. N'empêche que tu sens l'urgence de te délier le muscle génital. À force de patienter, ça te force à repousser les limites de ta persévérance. Mais là, ça commence à bien faire : tu t'approches de ton quota, de ton ratio *in petto*. Il faut que ça cesse, il faut que ça change, ça te démange dans le manche.

Tu n'es plus l'ombre de toi. En attendant, tu t'adonnes à un verbiage facétieux néanmoins lourd de sens... double sens. Tu te parles et tu déparles pour éviter de passer à l'acte sans contrition, pour éviter de faire du zèle, zélé que tu es. Des mots pour le dire, du papier pour l'écrire pis pas une fille pour l'assouvir. Il y a des nuits où tu aimerais être asexué, sans pénis indiscipliné, sans mauvais caractère, sans moral à terre. Mais tu es comme tu es : un obsédé qui ne veut pas céder, qui ne veut pas s'aider. En réalité, tu te sens comme une scie à chaîne pas de chaîne, comme un épouvantail pas d'éventail. Comme un cerf-volant pas de volant, sacrament.

☐

Elles sont bien toutes pareilles, toutes autant qu'elles sont, à te charcuter l'esprit avec leurs complications assidues de femmes fatales fatalement acculées au pied de leur amour-propre. Tout complexifier, telle est leur devise. Chercher ce qui ne tourne pas rond, ce qui fait tourner la relation en rond. Tout passe par le compromis, par le devoir de noyer leur vin dans ton eau.

Concession, sinon ton compte est bon. Premier problème à l'horizon : la boisson. Il faut fermer toutes les valves, la relation de couple s'en va à la dérive; c'est la noyade de l'amour-propre. Aussi radical que ça : au pain et à l'eau avec un petit peu de sexe si madame n'a pas trop mal à la tête ou mal à l'affectif de ne se sentir qu'une décharge municipale pour le petit plaisir de monsieur l'indéfectible déchet.

Si ça ne change pas assez vite à leur goût, c'est l'ultime recours aux grands moyens, aux grandes coupures. Et elles savent pertinemment où couper : là où ça fait le plus mal... là où le gras se rapproche de l'os. Toutes pareilles, toutes aussi perspicaces, toutes aussi efficaces les unes que les autres. Elles te tiennent par le bon bout du bâton. Elles l'ont bien en main, question de ne pas perdre la main. Lorsqu'elles s'aperçoivent que tu t'es fait à l'idée de ne plus trop y penser, elles le réveillent, elles l'agitent, juste assez pour rappeler qu'il est toujours là, prêt à grandir dès que les attouchements se font sentir. Bâton magique qu'elles ont su apprivoiser pour mieux ensorceler, qu'elles ont su amadouer pour mieux se rendre indispensables, qu'elles ont appris à manipuler pour mieux asservir.

Toutes pareilles à vouloir tout contrôler. Pas étonnant qu'elles soient surprises des résultats néfastes de leur effort de guerre. Pas étonnant qu'elles perdent toutes leurs batailles : à force de tout vouloir à leur image, elles engendrent leurs propres monstres. Pour du gâchis, c'est du gâchis. Elles ont beau vouloir corriger leurs lamentables erreurs, il est trop tard le mal est fait, il s'est fait homme.

Homme de peu de foi qui ne pense pas plus loin que le bout de son engin. Homme prêt à exterminer un peuple dans sa totalité parce qu'on lui a fait croire que ce serait pour le bien de sa patrie ou de son patelin. Homme prêt à torturer des innocents parce qu'on lui a fait croire que ce serait pour le bien de sa future progéniture que sa femme, pareille à toutes les autres, s'empressera d'engendrer avec le premier déserteur qui lui tombera entre les cuisses.

En vérité, tu te le dis, vaut mieux être un déserteur prophète de malheur qu'un mari qui revient de loin avec son veston couvert de médailles et ses testicules dans un sac de plastique. Les médailles, ça bombe le torse et ça stimule le syndrome des enfants du facteur. Ce n'est pas pour avoir l'air plus chiche que les autres, mais tu crois détenir les symptômes avoués d'un sacré déserteur usurpateur qui se sauve de lui-même pour ne pas avoir à défendre sa cause perdue à la Cour d'appel des émotions refoulées par la boisson.

L'alcool, c'est ce qui les met hors d'elles-mêmes, hors d'usage pour toute forme d'usage. Le courant ne passe plus, les câlins non plus. Elles se transmutent en fruit défendu... jusqu'à ce que tu fasses une femme de toi, c'est-à-dire un être balancé, pesé et équilibré. Elles se transforment en saintes-nitouches, *don't* touche. Plus de caresses, plus de parties de fesses, plus de bons soupers, plus de baisers mouillés. Jusqu'à nouvel ordre, à la diète aux petits becs secs qui émiettent la patience comme si c'était du vulgaire biscuit sec. Le jeu du chat et de la souris. Quand le chat ne se soûle pas la gueule de bois, la souris danse pour lui. Sur un tabouret s'il vous plaît et en petite tenue en plus.

Une par une, tour à tour sans détour, elles ont usé de toutes les ruses, de tous les subterfuges pour te faire lâcher la boisson. Mais en vain : la boisson a refusé de te lâcher. Tu ne peux plus te passer de sa présence, même en sachant qu'elle te brime tout en te délivrant, qu'elle t'assèche tout en te purifiant, qu'elle te tue tout en te ressuscitant. À déconseiller de te la soustraire : sans elle, tu iras jusqu'à te pendre avec ta soie dentaire. Qu'elles se le tiennent désormais pour dit; tu as horreur de répéter tes quatre vérités, suffisamment conscient que tu es de tes vices patents.

Toutes pareilles à t'en faire baver dès que tu t'éloignes de leurs mordicus principes, dès que tu succombes à ton instinct d'homme de taverne. Elles sont toutes pareilles, mais tu ne peux t'empêcher de les aimer pareil et malgré tout. Tu ne peux faire autrement que d'être incapable de te passer d'elles. Elles sont ce qu'elles sont et, pour rien au monde, il n'est acceptable qu'elles fassent volte-face en changeant leur manière d'être; ce serait beaucoup trop risqué pour tous les mâles de ton espèce qui n'ont jamais rien connu d'autre que l'inexorable tranchée distançant l'homme de son inconvertible coquette conquête. Qu'elles restent pareilles toutes autant qu'elles sont : tu feras de même dans le meilleur des mondes.

4

Ça t'a pris tout ton courage, mais tu n'avais pas le choix. Ta victime te mène par le bout du nez dès l'instant où elle doit crever. Et pour y arriver, ça te prend de l'électricité. Qui d'autre que ta sœur peut s'acquitter d'un compte avec tant de souffrance? Qui d'autre peut assumer des centaines de dollars sur-le-champ? Elle n'a pas bronché, n'a demandé aucune justification. Elle a tout payé avec un important supplément d'argent comptant tel que demandé et vous recevrez. Fin prêt pour les emplettes afin d'acheter le strict nécessaire à ta job de bras.

☐

La Chinoise d'en dessous est sur son départ, pressée d'aller rejoindre son mec. Comme chaque matin à huit heures précises, son copain asiatique l'attend dans sa Honda Civic. La balle est dans ton camp. Sept heures, pas plus, pour trancher monsieur le messie en fraction. Au travail, fainéant. Pour une fois, tu gagneras chèrement ton dîner s'il te reste encore de l'appétit après ta boucherie. Pour une fois, tu mériteras ton B.S. qui t'encroûte dans ton oisiveté. En premier lieu, tu transportes le corps jusque dans la salle de bains. Si tu salopes ton ouvrage, ce sera plus simple de désinfecter la céramique qu'un plancher de bois franc aux lattes disparates.

Tu ne sais par où commencer, espèce de profane en dissection. Ne sachant que faire, tu appliques la règle des tailleurs de buissons : tout ce qui dépasse doit être élagué.

Les bras : tu scies au-dessus de l'épaule pour éviter, autant que faire se peut, les articulations. C'est de l'ouvrage, mais ça demeure un bel apprentissage. Tu pourras raconter ton expérience aux psychologues dans tes vieux jours en détention. Le deuxième bras résiste à ton massacre à la scie. L'égoïne se coince dans un ligament. À force de secouer le bras de gauche à droite, l'épaule finit par céder avec pour résultat final un superbe craquement qui rappelle le bruit des arbres cédant aux attaques répétitives des tronçonneuses.

Les jambes : un début laborieux. Il s'agit d'une partie de l'anatomie où l'ossature risque de te donner des maux de tête. La hanche, le bassin : voilà un point névralgique sur lequel repose l'ensemble du corps. Véritable exploit que de scier à cet endroit. Si tu continues de la sorte, tu hériteras en un tour de main d'un formidable tour de reins. Pour ajouter à ta frustration grandissante, l'égoïne est à nouveau faite prisonnière. Cette fois, il n'y a rien à faire, mais justement ça commence à faire. Tu sors la hache et tu joues au bûcheron à l'aide de tes muscles de moucheron. Tu bûches à tour de bras, mais la hanche, le bassin, le nerf sciatique et tout le saint-frusquin refusent de céder un pouce. Le travail vient à peine de débuter que te voilà déjà épuisé. Tu dois changer de méthode car tu dépenses tes calories à mauvais escient. Ne perds pas tout ce temps, tu dois fragmenter autrement. En lui fracassant les deux genoux, tu pourrais ensuite le sectionner à partir du tronc, juste au-dessous des côtes. Pas si mauvaise idée. L'objectif demeure de tout entrer dans le congélateur. Pour ce faire, il ne faut pas oublier de lui arracher la tête, sinon ça n'entrera jamais en longueur.

C'est bien beau, la concertation, mais tu n'es pas payé pour réfléchir toute la journée. Le temps s'égrène et tu dois te remettre à forcer comme un forcené jusqu'à ce que le tout soit mis en boîte. Tu devras ne compter que sur la hache puisque la scie demeure prise au piège. Tant mieux : les coups de hache, c'est plus violent et par le fait même plus libérateur voire purificateur comme dans purificateur d'air où règne la puanteur d'un début de tuerie.

Les jambes (bis) : comme dirait Claude Ruel : «Y'en aura pas de facile.» La rotule, la maudite rotule qui n'en fait qu'à sa tête. Peut-être qu'en débitant par l'arrière de la jambe tu pourrais créer une entaille suffisante pour affaiblir la partie osseuse du genou. Tu t'empares du mort à bras-le-corps puisque, sans les bras et avec une scie coincée dans la hanche, le facteur de difficulté augmente pour une manœuvre de retournement. L'exécution laisse à désirer, mais le cœur est à l'ouvrage. Tu frappes, tu bûches, tu maintiens le rythme, tu bûches encore plus fort et ta persévérance finit pas porter fruit ; l'affaire est dans le sac... à poubelle.

Le tronc : comme dans de la graisse à patates frites, sauf qu'il est en train de se vider, le sacrament. Le foie, le pancréas, la rate : tous les organes vitaux prennent congé et emportent avec eux une odeur qui risque de s'incruster en permanence dans ton gros nez. Tu fourres dans un sac de poubelle tout ce qui te tombe sous la main. Si ça continue à se vider sans qu'on puisse rien arrêter, c'est ton cœur que tu ramasseras à la petite cuillère. Tu te retiens à deux mains pour ne pas vomir. La situation est suffisamment dégoûtante : évite d'ajouter ta touche personnalisée. L'exode terminé, il suffit maintenant de casser la colonne vertébrale. Tu plies ce qui reste du corps en deux aussi loin que tu peux. La vertèbre finit par abdiquer. Il en découle un net et percutant «cric» digne d'une séance de chiropractie.

La tête : une formalité. Quatre à cinq coups bien sentis et voilà la mignonne qui roule à tes pieds, fin prête à être conservée bien au frais le temps de trouver un remède pour lutter contre le cancer ou de te retrouver en enfer pour ton carnage en série. S'ensuit une véritable hémorragie. Les vaisseaux sanguins du cou s'en donnent à cœur joie et ça ne te fait pas rire aux éclats. Tu envisages le nettoyage avec une certaine appréhension. Si ça n'arrête pas de saigner, tu n'en auras pas assez de la soirée pour décrotter les murs et le plancher. Quel travail d'amateur. Tu aurais embauché un étudiant pour faire la besogne à ta place que le résultat n'aurait pas été plus catastrophique.

Comme tout saignement a un début et une fin, tu peux dorénavant affirmer que le tour est joué. Il ne reste plus qu'à empaqueter et mettre au frigo pour l'éternité tout en souhaitant qu'il n'y ait pas, dans les prochaines décennies, une crise du verglas ou quelque catastrophe comme cela. Chaque morceau trouve sa place dans le congélateur comme s'il était spécialement conçu pour ton ami-témoin. Venu le tour des bras, force est de constater que ça n'entre pas. Comme exutoire final, tu devras t'acharner à la hauteur du coude pour réduire la longueur de moitié.

Un ultime effort et ensuite ce sera le repos du bourreau. Sectionner à partir de l'avant-bras paraît plus simple que ça ne l'est en réalité. Tu te butes, une fois de plus, à l'obstination des ligaments et des articulations. Enfin, tu sens les os se casser sous tes coups de plus en plus effrénés. La partie est gagnée; victoire en supplémentaire du fou furieux à la hache acérée.

Complètement lessivé, tu parviens à t'asseoir et tu contemples l'ampleur des dégâts. Un tel carnage nécessite un foutu ménage. Des particules osseuses, des morceaux de tendons, des bouts de nerfs et amplement de sang pour fournir un film de morts-vivants : un aperçu de ce qui t'attend. Pour la dernière étape, tu devras passer du docteur Jękyll à madame Blancheville. Tu attends un regain d'énergie, mais ta mauvaise volonté se charge de te clouer sur ton cul. Dans de pareilles circonstances, vaut mieux refaire le plein et remettre ton grand ménage au lendemain. Pour l'instant, tu meurs de faim.

☐

C'est loin des partys pyjama du cégep ou des partys poutine du secondaire. C'est loin d'être commun comme dans interdit aux communs des mortels. Ça se veut inqualifiable sans aucun qualificatif fiable sur lequel tu pourrais jeter ton dévoyé dévolu. Pas d'accoutrements tape-à-l'œil ni de coiffures extravagantes : juste une atmosphère hautement inquiétante qui pousse à se pousser dans un ailleurs bien peinard. C'est ce qu'on pourrait appeler une ambiance propice à la dépravation puisque ça sent la perversité à plein nez.

Ils ont tous la même allure d'aliénés tous déréglés à la même heure. Leur carte d'invitation échouée dans ta boîte aux lettres spécifiait : «Nous vous ouvrons la porte de nos murs démesurés. Venez vous frotter à nos peaux poétiques, venez jouir de la jouissance céleste.» Plus qu'alléchant pour un type en manque de sexe qui ne se contient pas plus qu'une vessie perforée. Ils ont invité dix personnes au hasard à venir vibrer dans le vibratum de leur folie improvisée. Veinard comme tu es, ça t'est tombé dessus comme un coup de chance.

Ils se connaissent à peu près tous; il semble que tu es à peu près le seul à avoir relevé le défi de ce groupuscule de la copule. Ils n'en sont pas à leur première rencontre. Ils discutent entre eux à voix basse en se caressant les avant-bras avec le bout des doigts. Ils n'en sont pas à leurs premiers attouchements, les sacraments. Tu les observes méticuleusement l'air de rien et tu ne te laisses pas approcher de trop près. Tu fais bande à part, seul dans ton coin à profiter du buffet, seul à manger pour deux. Ton intuition te laisse sous-entendre que le pire reste à craindre et que, en te remplissant la panse tout en te faisant le plus discret possible, tu parviendras peut-être à te faire passer pour un imperceptible inaperçu, même si ta tête de crétin ne passe pas bien, peu importe l'endroit.

Pendant que tu t'attaques aux canapés, une espèce d'illuminé se hisse sur tes épaules pour ensuite atterrir en pieds de bas dans les hors-d'œuvre désormais interdits à la consommation. C'est un poète expressif au verbe facile et à la voix enflammée : «Tu ne me tueras point, point à la ligne... baisse mes culottes que je me pende à ton auréole, acropole de mon corps sur ton toit brûlant... chaud, chaud, tu brûles que je te brûle toutes tes pustules avec ma grosse gangrène de putréfaction iconoclaste... lèche, lèche-la ma rampe de ton handicap cosmique cosmopolite... lèche, lèche-la, lèche-moi, lâche-moi, lâche-moi lousse, allez ouste que je me pousse dans ton labyrinthe de matière brune.»

Il n'y a rien à comprendre. C'est des paroles qui s'adressent aux sens de la chair. De ton côté, ça te laisse froid au même degré que le buffet. Eux, ça les stimule, ça les excite au point de leur imprimer des saloperies dans le regard. Tu apprécies de moins en moins ; c'est pas propre, ça sent la complaisance libidineuse, le fornicatum in rectum. Tu t'es embarqué dans un méchant bateau de déconnectés du bardeau. Tu as drôlement peur de couler avec toutes ces épaves dépravées.

«Prends ton ventre, mets-le sur moi... prends ta tête, casse-la sur moi... prends tes jambes à ton cou, pose-les sur nous... viens fouiller dans ma jungle jugulaire, *my jungle fever*... viens en moi et par toi mon seigneur tout puissant... mon chimpanzé chocolaté se languit bien installé sur son culdestal... je grandis, je grossis, trop tard j'attaque.» Ils n'en peuvent plus, ils ne se retiennent plus. De véritables fauves. Le poète n'a pas le temps de redescendre de son estrade de fortune qu'il en a déjà trois sur le dos qui lui arrachent ses fringues. Ils ne portent plus à terre. On ne sait même plus qui porte les culottes dans cette flotte de flopés au premier degré ; les hommes après les hommes, les femmes après les femmes, les femmes après les hommes, tout sexe confondu et peine perdue pour la pudeur défendue. Ils flirtent avec l'incandescente indécence.

Il y en a une qui s'aventure de ton côté ; elle te rappelle ta tante Dora avec ses rides trop maquillées, avec sa face perdue dans ses plis accentués par sa mauvaise vie. Elle a l'air d'une religieuse défroquée qui a trop longtemps refréné sa sexualité pour ne pas en redemander chaque fois qu'elle en a l'opportunité. C'est dans un état d'esprit qui ordonne qu'on lui dise oui qu'elle entreprend la conversation tout en te mordillant tour à tour le cou et le lobe de ton oreille droite.

– Beau pape de mes grossesses stériles, je vous saurai gré de tremper votre moisissure dans mes moissons mouillées.

– Arrête! Tu me donnes envie de t'pisser au nez.

– Si tu me fais du bien, je te promets de ne pas te faire de mal.

– Justement, ma tante Dora, c'est le mal qui m'intéresse, vieille charrue pas d'tétons, pas d'fesses.

Ça l'offusque, ça la choque même, cette dissonante caisse sans résonance en manque de peau. Elle crie à ses initiés qu'une initiation est de mise, qu'elle a trouvé le magot, mais que le butin insolent mérite d'être dressé pour qu'on puisse enfin profiter de son trésor. À peine as-tu le temps de prendre conscience de ce qui t'arrive qu'ils sont déjà une dizaine à abuser de ton intégrité à mauvais escient. Ils se marrent de te voir te démener comme un diable voulant quitter l'enfer une fois pour toutes. Ils laissent libre cours à leurs sales pattes à tes dépens. Ils s'abreuvent de ta frigidité glaciale. Ils se sentent, à juste titre, majoritaires et abusent de ton infériorité visible. Tu aimerais leur crier de te lâcher, leur crier des obscénités, mais tu n'as même pas le temps de penser : juste assez de temps pour te démener pour qu'ils lâchent enfin prise sur leur emprise. Ils ont gobé de la cochonnerie : ça les rend hilares pour un rien. Tu es dépassé par les événements. Quant à eux, dans l'état où ils planent, ils devancent l'événement…, homme dans la trentaine violé et dépecé par une secte religieusement sur l'acide. La une est assurée.

Ils déchirent ton t-shirt, se nourrissent de tes running-shoes puis s'apprêtent à s'attaquer au dessert. Au rythme où ils vont, ils t'auront bouffé les couilles avant que le coq n'utilise les siennes plus de trois fois. De coups de poing en coups de pied, tu te défais tant bien que mal de leur emprise des sens; croix de bois, foie de bière, si tu craches tu vas en enfer : ils n'auront pas le dessus sur tes dessous.

C'est à peu près la seule chose qu'il te soit resté sur le corps lorsque, avec la peine de tes misères, tu as repris contact avec le pavé et par le fait même avec la fraîcheur du début d'automne. C'est le genre d'expérience traumatisante qui te fait également reprendre contact avec ta détresse. Au péril de te faire castrer par une bande d'étranges submergés par leur sexualité, tu ne comprendras jamais rien à rien. C'est du moins ce à quoi tu penses en te promenant torse nu rue Saint-Zotique en cette fin de nuit de fin septembre.

Cela dit, ça ne t'empêchera pas de prendre froid, d'en prendre pour ton rhume et de te farcir une pneumonie qui te fera redécouvrir un vieil ami : ton lit, ton grabat de scélérat que tu partages seul avec ta sollicitante solitude. Que voulez-vous? Le physique, c'est le physique : ça ne ment pas, ça ne trahit pas et ça fait sa petite place dans son palace comme un mal nécessaire. Surtout ne pas tenter de s'en échapper : ça te retombe dessus comme un tas d'ordures qui collent à l'âme.

☐

Ils t'ont flairé, ces flatulents fanatiques de la flâne. Ils t'ont vu venir avec tes petits sabots, ces gros nabots bien au chaud dans leur auto, bien plafonnés dans leur pantouflarde auto-patrouille, bien assis sur leur trouille. Ils t'ont intercepté, comme ils disent dans leur jargon de spécialistes de la répression. Ils t'ont intercepté avant que tu ne réintègres ton domicile involontaire. Quel métier! Ils viennent de se taper le poisson de septembre, le plat sans résistance du week-end; pas un signe d'agressivité, aucun mouvement d'autodéfense. Une arrestation les deux mains dans le sac, les deux doigts dans le nez et tes deux pieds dans leur plat.

Il fait plus que froid : il fait glace. Tes pectoraux se durcissent comme des roches lunaires. Tu as hâte en sacrament de baptême de t'affaler bien au chaud sur le siège arrière de leur cachot mouvant. Comme un pantin disloqué, dégoûté d'être ficelé par ses propres ficelles, comme un poulet désossé, écœuré d'être vidé de son essentiel, tu ne bronches pas pour permettre à ces têtes de linotte de te passer leur foutues menues menottes, au plus vite pour que tu te sauves de la bronchite.

Au point où tu en es, coucher dans un trou ou dans un autre te laisse froid. Tu auras même droit demain matin au petit-déjeuner au lit avec toasts brûlés et café décaféiné. Le Holiday Inn des trous de cul, sacrament. Service compris avec dossier judiciaire fourni. Bon séjour illimité dans notre hôtel quatre étroits où le miteux est maître de ses particules et de sa partie de cellule.

— Qu'est-ce tu fais à moitié nu dehors en pleine nuit?

— J'avais chaud. L'andropause, vous connaissez?

— Entrepose?

— Ouais, si tu veux…, l'entrepause.

— Entrepôt ou non, pour à soir tu vas venir finir la nuit ben au frais avec les putes pis les trinques de ton espèce.

— Avec moé pis vous autres en plus dans le décor, ça va faire un méchant beau «melting-pute» de ratés…

Tu n'as pas le temps de retirer tes paroles ni de te tourner la langue sept fois avant de t'excuser que tu en encaisses une en plein sur la gencive supérieure. Une riposte musculaire directe au poste, une répercutante frappe assenée par un gros frappe-à-bord qui prend un malin plaisir à brouiller les ondes sonnantes de tes sarcasmes les plus sardoniques.

— Fais pas ton smatte parce que veux, veux pas, c'est nous autres qui a le dernier mot, poing final. Ça fait que farme ta grande gueule sale si tu veux pas que j't'en kalisse une autre din dents.

Message compris, du moins assez compris pour t'enlever l'envie de refaire de l'esprit. Il ne faut jamais jouer au plus fin lorsqu'on est en présence de plus cons que soi. Il est préférable de s'écrouler à leur niveau. Ça évite des frais de soins dentaires… même s'ils sont payés par le B.S. Ça évite aussi de se prendre trop à la légère dans une situation lourde de conséquences. Mais ça, tu ne le leur dis pas. Tu le gardes bien secrètement pour toi, pour te convaincre que c'est tout de même toi le plus intelligent, même si c'est toi qui encaisses toutes les baffes.

Dans la vie comme dans l'existence, même si ça ne fait aucun sens, il y a les encaisseurs et il y a les donateurs. Les encaisseurs qui endossent tout sur leur dos et les donateurs qui s'évertuent à faire dudit dos l'épine dorsale de leur donation. Mais ça aussi, tu te gardes bien de le leur répéter, au cas où ils comprendraient ce que tu leur dis puisqu'ils ont tout de même à leur actif une technique policière complétée, ce qui leur permet incontestablement de comprendre le langage et de donner un certain sens à tes phrases. Aussi surprenant que cela puisse paraître, ils sont même en mesure d'écrire des rapports même si ça ressemble bien plus à de la phonétique qu'à de la grammaire appliquée.

Ils t'ont refilé un oreiller accompagné d'une couverture et ils t'ont coffré avec deux Tamouls qui ne parlaient pas la langue de chez nous, préférant s'exprimer dans le dialecte de chez eux. On t'a appris qu'ils avaient semé le grabuge dans une discothèque du centre-ville en tentant d'emmener dans leur mosquée, c'est-à-dire dans le dépanneur de leur frère, une petite Québécoise qui voulait surtout ne rien savoir de se faire écœurer par des immigrés. Tu as tenté de dormir, mais ils ont passé une partie de la nuit à se disputer dans leur charabia de va-nu-pieds sans sandale habitués aux scandales en plein cœur de Montréal.

Au matin, ils t'ont libéré sans caution avec une tape dans le dos, des cernes jusqu'au menton et un coup de pied dans le cul : «Enretourne-toé chez vous, kriss de plaie, pis au lieu de boére ton chèque, va donc t'habiller, tu vas moins te geler c't'hiver.» Tu t'es retenu de lui faire un bras d'honneur en te persuadant qu'il n'en valait pas l'honneur.

De retour dans ta prison, tu t'es cloîtré dans ton placard de bonne volonté et tu as roupillé des jours pour te convaincre qu'au réveil tout aurait changé. À demi endormi, tu te demandes de quoi tu dois avoir l'air, étendu au travers de tes vides à te faire vider de ta vie d'épave, de ta vide épave. De quoi as-tu l'air, bien assis sur ton désespoir, bien prostré sur ton trône du grand foutoir à compter les jours passer comme s'ils ne passaient pas déjà assez vite comme ça. Tu as l'air qui ne va pas avec la chanson, pauvre con.

□

À peine sorti de taule qu'on menace déjà de faire appel à la police si tu ne règles pas ton crédit. Le Cambodgien est dans tous ses états. Tu es la principale cause de ses préoccupations et il file tout un mauvais coton. Il veut te faire la peau; il insiste pour que tu le paies, pour que tu achètes la paix. Si avec les flics ça ne fonctionne pas, il va envoyer ses deux garçons à tes trousses; deux colosses qui n'ont pas la frousse et qui sont des ceintures noires première dame en karaté, soutient-il. Tu les connais, leurs armoires à glace asiatiques qui t'arrivent à la taille. Ça ne veut rien dire, mais ça t'empêche tout de même d'avoir les boules.

— Une semaine, sinon vais chercher l'argent chez toi, trou cul.

S'il pense que tu vas te laisser insulter comme de la brebis pourrie, que tu vas te laisser tondre la laine sur le dos sans même répliquer à sa vilaine haleine de charognard-mercantile-à-beau-faire-chier-le-peuple-qui-vient-de-loin.

— T'es arrivé icitte en radeau avec pas plus qu'une paire de bobettes pour te couvrir, pis maintenant que t'as goûté à la saveur de l'argent et au plaisir de te bourrer le cul avec autre chose que du riz et des sauterelles, tu veux venir me déposséder du peu que j'ai pour payer ta carte de crédit pis les manuels scolaires de ton p'tit. Pis, en plus de nous faire chier, t'as le culot d'augmenter le prix de ta bière avant même qu'on ait le temps de finir notre caisse de douze.

— La faute de ton gouvernement pourri; taxe et taxe encore.

Il faut admettre qu'il n'a pas tort, le Cambodgien. Ces espèces d'élus parvenus sont parvenus à leurs fins : te faire crever de soif. Compression par-dessus compression jusqu'à ce que la pression fasse sauter la marmite avec tous ses légumes de tout acabit. Si ça continue comme ça avec leurs taxes et leurs impôts, ils vont te déduire à zéro, te retenir une partie du cerveau.

Comme disait ton oncle Jean-Eudes : «Y'a rien à faire, tout coûte cher, pas juste la bière, les femmes aussi.» Ce n'est pas pour tourner le fer dans ta plaie, mais pour toi les femmes, elles ne te coûtent rien. Elles te snobent avec désinvolture. Elles ne te remarquent même plus; elles se démarquent des marques qu'elles t'ont laissées en héritage à la suite de leur désenchantant chantage qu'elles se sont plu à te chanter à tue-cœur. Elles se plaisent, n'en déplaise à monsieur, à laisser sécher tes racines de désir dans les terres arides de ta continence imposée. Les femmes, elles ne te coûtent plus rien. Elles ne t'offrent plus rien. Elles ne te doivent plus rien. Tu ne leur demandes plus rien puisqu'elles ne te disent de plus en plus rien. Elles t'excitent de moins en moins; elles t'énervent de plus en plus. Tu ne t'obstines plus : tu t'abstiens… comme si la question ne t'intéressait plus, comme si les réponses ne t'appartenaient plus. Faute de pouvoir leur faire l'amour, tu leur fais la gueule.

N'empêche que juste d'y penser, ça te fait déchanter sur-le-champ. Ça te fait augmenter, à ton grand dépit, ton débit d'alcool. Quand l'offre ne répond plus à ta demande incessante, c'est à se demander si la guigne s'abattra un jour ou l'autre sur un autre guignol que toi. Quand le plus offrant t'envoie ses enfants en guise de remerciement pour tes bons et loyaux emmerdements, il y a fort à parier que tu ne te trouves plus très loin du pied du mur. Tu en es même si près que certains aimeraient bien profiter de sa proximité pour te passer à travers.

Il faut savoir accepter ta misère au risque de souiller ton plumage, au risque de ternir ton image, au risque d'être bon dernier dans les sondages..., au risque de te mettre tout le Cambodge à dos et de t'en mettre plein la gueule avec sa progéniture bridée, nationalisée québécoise. Dans la vie comme dans la politique, lorsqu'on ne peut plus sauver la face, il faut savoir sauver sa peau. Tu sais, on ne donnerait pas cher de la tienne, mais il est normal que tu y tiennes quand même..., c'est à peu près la seule chose qu'il te reste, sacrament.

☐

Tu l'avais fermé. Tu en es persuadé, juré, craché. Il ne pouvait être que fermé puisque depuis ta séance de dépeçage bon marché tu ne l'as plus jamais ouvert. D'ailleurs, pourquoi tu t'amuserais à l'ouvrir? Pour te faire un steak, grosse légume? Pour faire un peu de fraîche dans ton logis de misère, frais chié, d'enfoiré, de psychopathe meurtrier.

On se calme, on se calme. On respire par le nez, on rigole et on se rendort. Impossible de détourner ton regard de cette porte ouverte qui laisse la lumière de l'intérieur s'infiltrer dans la pénombre. Et cette fumée qui entoure tout le congélateur au contact de la chaleur. Tu as la chair de poule, espèce de grosse poule mouillée. Les yeux grands comme des trente sous, tu t'attends à ce qu'il te tombe dessus à tout moment. Il n'est peut-être pas tout à fait mort. Peut-être qu'une partie de son anatomie est revenue à la vie ou que ce satané Jéhovah de malheur est venu le ressusciter ou au mieux le décongeler. Tu es pris d'une telle trouille que tes jambes commencent à trembler et tes dents à claquer. Si tu ne t'apaises pas, c'est la patate qui va te claquer pour de bon. Tu essaies de retrouver ton sang-froid mais tu crains que d'une seconde à l'autre toutes les pièces du puzzle s'éjectent hors du cercueil de fortune.

Tu entends de faibles coups. On dirait des battements. Des battements de cœur plus précisément. Tu entends son cœur battre, sacrament. Il est vivant ! oui, il est bel et bien vivant ! Vite un bâton de baseball, une pioche, n'importe quoi ! Son cœur bat ! Achève-le sinon tu vas finir avec lui tout en morceaux pêle-mêle dans le frigo ! Tu vires fou ! Tu vires carrément fou ! Tu perds la booouuuule ! C'est ton cœur que t'entends ! As-tu compris, c'est ton cœur que t'entends, maudit innocent !

Tout un cirque pour une porte de congélateur ouverte en pleine nuit. Tout un plat pour ce macchabée en mille morceaux qui se gèle les os. Si tu continues à paniquer de la sorte, ta médication ils devront te l'injecter à tour de bras. Reprends sur toi et tu n'as qu'à suivre les directives. Primo : refermer cette foutue porte. Secundo : trouver un objet assez lourd pour mettre dessus comme une chaise, la table de cuisine ou ton gros cul. Finalement, tu lèves le coude pour deux ou trois autres supplémentaires afin de retourner à ton pieu et trouver le sommeil à travers ton taux d'alcoolémie. Va faire un dernier pipi et bonne nuit.

Le sommeil ne vient pas. Il est parti pour le reste de la nuit… voulez-vous laisser un message ? Tes yeux refusent de se fermer, fixés qu'ils sont sur cet appareil ménager qui peut s'ouvrir à chaque instant comme un énorme gâteau de fête avec une stripteaseuse dedans. Sauf que cette fois la danse risque d'être pour le moins macabre. Puisque la chienne t'a fait prisonnier de tes insanes élucubrations, aussi bien attendre patiemment l'aube. Pour l'instant, tu es de garde et tu te gardes bien de quitter ton poste. Ce n'est pas le moment des mauvaises surprises. Les scènes d'horreurs, tu préfères les laisser aux Américains, maîtres qu'ils sont devenus dans l'art de s'anesthésier à coups de poursuites policières, de voleurs traqués et de catastrophes enregistrées par des tôtons mariés et stabilisés qui n'ont pour seul intérêt que de filmer tout ce qui se passe à côté; comme si c'était plus intéressant chez le voisin. Tu ne te feras pas prendre les culottes à terre. Tu seras le premier à achever l'autre, même si ton adversaire semble de prime abord hors de combat. Il faut croire qu'il lui reste suffisamment de vigueur pour faire le fanfaron et te donner les jetons. Reste debout : l'insomnie te va à ravir, espèce de grosse poche.

La clarté gagne son combat matinal contre l'obscurité. Néanmoins, tu demeures replié sur toi-même, camouflé dans tes draps, pas un geste, la fin du monde est à tes pieds. Tu espères que ta peur se dissipera une fois le jour venu. Pour l'instant, tu te fais du mauvais sang. Tu finis par te persuader qu'il serait sage, voire brillant, d'aller faire une petite tournée d'inspection dans ta planque à cadavre au lieu de la fixer comme une machine infernale. Tu dois t'assurer que tout est en ordre et que le coup fumant de cette nuit ne soit pas l'œuvre d'un membre dissident ayant pris l'initiative de sacrer le camp.

Rien n'y fait. Tu n'aides pas ta cause en demeurant cloué à ton grabat. Tôt ou tard, tu devras assumer ton travail de boucherie, dresser l'inventaire de ton massacre à la scie. Ta cause est perdue d'avance, mais ne devance pas les événements qui te feront sombrer dans l'oubli collectif. Tu te rends compte : si on découvre un bout de bras ou une partie de pied bien en vue sur ton palier, c'est sur le banc des accusés que tu paieras le prix de ta négligence, assassin du dimanche. Secoue tes puces et tiens un registre des organes de ta victime si tu souhaites t'en tirer à bon compte. Assume ton geste et au diable le reste. Pour une fois, fais un homme de toi… sinon tu finiras auteur de recettes à faire reposer au congélateur.

☐

Il y a la peur. La peur qui ouvre tout grands les volets de ses inquiétudes. La peur qui rentre dedans à grands coups d'anxiété. La peur impunément effrontée sous tous ses visages masqués, sous tous ses soucis marqués. La peur des étrangers et la peur de soi lorsque les étrangers sont plus familiers que ce qui se passe en soi. La peur de dormir seul et la peur de ne plus jamais être capable de trouver le sommeil à deux parce que la peur d'être deux. La peur d'être seul et de se retrouver seul avec soi... la peur de soi.

La peur de s'être trompé de chemin lorsqu'il est trop tard pour revenir en arrière. La peur d'aller de l'avant lorsqu'en avant semble pire que ce qu'on laisse derrière. La peur de ne plus pouvoir bouger et de finir le reste de ses jours coincé, paralysé. La Mort, la peur d'être mort.

La peur d'avoir mené une mauvaise vie lorsqu'il est trop tard pour la refaire. La peur de refaire sa vie et de se tromper une seconde fois. La peur d'être pris au piège, d'être pris au dépourvu, d'être pris à partie lorsqu'on a dit une connerie. La peur de l'erreur humaine, bien pesante et bien blessante. La peur de l'avouer et de n'être qu'à moitié pardonné. La peur de pécher par orgueil en refusant de reconnaître ses erreurs. La peur du péché de la chair, la peur de l'adultère et du risque que ça coûte cher en frais d'avocat et de pension alimentaire. La peur d'être jugé sur la gravité de ses péchés plutôt que sur la légèreté de ses pensées. La peur d'avoir péché par abus de pouvoir et d'avoir offensé Dieu même s'il se contrefout de nos faiblesses, surtout lorsqu'il prend son pied avec Marie-Madeleine. La peur qui colle au cul comme un vieux curé défroqué déterminé à culpabiliser, décidé à faire la passe du derrière retroussé parce que c'est plus facile pour lui de se la rentrer.

La peur de faire du sang de cochon parce qu'il n'y a plus de condoms. La peur de n'avoir d'autre choix que de retourner au centre-ville, rue Saint-Denis, aux Beaux-Esprits, s'en procurer un dans les toilettes au sous-sol. La peur qu'au retour elle soit partie parce qu'elle en avait trop envie, qu'elle aille baiser avec le voisin d'à côté, qu'on l'entende jouir, que ça empêche de dormir. La peur d'être à bout, la peur de bander mou, de mettre à sa vie un terme définitif en se pendant avec un préservatif.

La peur de tourner en rond en ressassant sans cesse les mêmes questions. La peur d'être tout retourné face à l'impuissance d'empêcher le sablier de se retourner. La peur que le sablier se fracasse sur les récifs des faux pas de toute sorte, peur que le sable ne sachant que faire nous enterre six pieds sous terre. La peur de perdre un ami, de perdre un pari; la peur de perdre un ami qu'on a parié en lançant les dés. La peur que les dés aient été truqués et de ne pas pouvoir le prouver. La peur de perdre le fil de la conversation lors d'une discussion, de passer pour un con, de ne jamais s'en remettre, de remettre sa démission à son poste de direction, de s'en remettre à la fatalité qui détruit peu à peu, qui réduit à petit feu en faisant perdre le pari de sa vie. La peur de tout remettre en question et que les questions demeurent sans réponse. La peur de s'en remettre à son destin et de s'apercevoir trop tard qu'il s'est poussé avec notre fiancée... avec toutes les années qu'il reste à vivre.

La peur. La peur au-delà de tout frisson, en deçà de tout soupçon. La peur qui n'a peur de rien, pleine de sang-froid et pleine de son abus de pouvoir sur le désespoir. La peur qui prend toute la place quoi qu'on en dise et quoi qu'on en fasse. La peur de marbre et de glace gravée dans toutes les faces. La peur qui ne donne pas sa place pour éloigner tout ce qui mérite d'être considéré, tout ce qui aurait le mérite de mériter une place sur le podium des frémissantes fréquentations qui laissent leurs traces.

Il y a la peur qui ne se maîtrise pas. Il y a la peur qui n'en finit pas et il y a la peur que l'on dissimule derrière des tonnes de froides fermetés pour se convaincre qu'on a le courage de ses ambitions. En réalité, on n'est pas courageux et encore moins ambitieux... juste un peu peureux. Un peu peureux et juste assez baveux pour se laisser glisser au même rythme que les escargots visqueux.

☐

– Tel-Aide, bonsoir... N'ayez crainte, je suis là pour vous aider, je suis là pour vous écouter. Vous pouvez avoir confiance. Vous n'avez pas à avoir peur, tout ce que vous dites demeure entre vous et moi. Je vous écoute. Monsieur? Madame? Je vous écoute.

– J'ai peur.

– Vous avez peur de quoi?

– J'ai peur de la frayeur que suscite ma peur.

– C'est-à-dire?

– C'est-à-dire que j'fais peur, sacrament.

– Vous savez, cela arrive à tout le monde d'avoir peur ou même d'avoir peur de faire peur à tout le monde.

– Justement, je ne suis pas tout le monde et ce n'est pas tout le monde qui s'en rend compte. Je suis tout sauf du monde.

– Ne vous laissez pas aller à la déprime. Ne vous sous-estimez pas, mon bon ami; il y a tout plein de force en vous, il vous suffit de savoir comment l'utiliser.

– Alors comment l'utiliser?

– Ayez confiance en vous. Vous finirez par trouver la réponse.

– C'est bien ce qui me fait le plus peur.

– Je crois que c'est de vous que vous avez peur. Apprenez à mieux vous aimer, à mieux vous accepter tel que vous êtes. Ce sera déjà beaucoup.

– Désolé, monsieur-réponse-à-tout-qui-parle-pour-rien-dire, je n'ai pas seulement peur de moi : j'ai peur de tout.

– C'est-à-dire?

– Par exemple, n'avez-vous jamais eu peur qu'on s'introduise chez vous la nuit et que vous n'ayez même pas le temps de vous réveiller et que vous ayez déjà la gorge tranchée, que les assassins malencontreusement se soient trompés d'appartement, que vous n'ayez pas mérité cela, mais que néanmoins vous ayez le mérite d'être le voisin de palier d'une crapule, d'une pourriture sur deux pattes et que vous ayez le mérite d'être l'innocente victime de l'erreur humaine?

– Je ne vous suis pas très bien, monsieur. Détendez-vous, n'ayez pas peur, je suis là pour vous écouter, vous pouvez avoir confiance. Vous savez, vous n'êtes pas le premier à passer par là. Vous devez avoir confiance en vous, car c'est en vous que se trouvent les solutions.

Tu as raccroché. Tu en avais ton souper de ses formulations toutes faites, toutes prêtes. Chanceux comme tu es, tu as dû tomber sur le stagiaire de service. Les solutions se trouvent en toi : elle est bien bonne celle-là. Si elles sont en toi, elles se sont foutrement bien cachées. Faudrait peut-être savoir que les autres, ceux qui passent dans ta vie comme les voitures sur l'autoroute, font aussi partie des solutions. Faudrait peut-être arrêter de se donner le droit de mettre la charrue avant les bœufs sous prétexte qu'on peut dire n'importe quoi parce qu'on parle à n'importe qui. Faudrait peut-être arrêter de se faire prendre pour des deux de pique parce qu'il n'y a plus d'atouts dans son jeu de cartes.

Faudrait peut-être rappeler que t'as dépensé vingt-cinq cents, donc que ça t'a coûté un bras sur ton revenu de crève-la-faim pour te faire conter, par un type pas même rémunéré pour son travail bâclé, des sornettes grosses comme les bras des doormen du Métropolis. Faudrait peut-être savoir que t'aurais dû suivre ta première idée et aller jouer une partie de machine à boules pour enfin avoir un but dans cette satanée journée bien mal entamée : faire des *free games* au travers de ton *free for all* jusqu'à ce que tilt s'ensuive.

Mais non, il a fallu que tu appelles ce service de novice qui pense t'aider en mettant tous tes œufs dans le panier de ceux qui les ont déjà brouillés. Ça t'apprendra à verbaliser sur tes peurs de taré terrorisé comme si tout cela était clair comme de l'eau de source aux œufs de tous. Ça t'apprendra à chercher l'aide de l'extérieur lorsque les solutions se trouvent en toi, sacrament. Creuse, tête creuse.

☐

Tu n'avais pas remarqué qu'une espèce de fils de zob attendait à l'extérieur de la cabine téléphonique que tu aies terminé ton appel pour utiliser les services du Bell. Avec son manteau noir, son chapeau noir, son foulard noir, ses souliers noirs et ses idées noires, on aurait dit qu'il sortait tout droit de son enterrement. À le regarder de plus près, tu pouvais facilement supposer qu'il était un de ces poètes déchus, un de ces artistes déçus... un genre de croque-mort littéraire qui puise son inspiration dans les salons funéraires, qui se parfume l'esprit de l'odeur des couronnes mortuaires.

– Hé, p'tite tête, tu me laisses faire mon appel et j'te paie la tournée par la suite. Ça te va?

Connaissant ta passion pour le houblon, tu ne t'es pas fait prier pour donner ton accord à son offre délurée. Il est vrai que c'est tenter le danger que d'aller trinquer avec un pur étranger, mais pour le peu que tu as à perdre, il est fort probable que tu aies tout à gagner, surtout lorsque les consommations s'accumulent sur la même addition, qu'elles s'amoncèlent sur la carte de crédit d'autrui.

Vous avez fait la tournée en commençant par le Cheval-Blanc pour poursuivre votre conquête de l'infinie soûlographie en allant exhiber vos gorges asséchées aux Joyeux-Naufragés. Après quelques rasades tout au moins rassasiantes, vous avez eu toutes les misères à faire l'ascension de la Saint-Laurent pour aboutir à la Cervoise. Vous veniez à peine d'entrer que vous vous êtes fait sortir à coups de pied au derrière et à coups de pichet par la tête parce que ce putain d'enfant de radin a refusé de laisser du pourboire au serveur, prétextant qu'il avait un nabot minable faciès de méchant suceur de bite. Ça l'a franchement sorti de ses gonds, pour ainsi dire, et ce fut la principale raison de votre expulsion. Comme c'est lui qui payait la boisson, tu as cru bon de ne pas argumenter sur ses positions. Vous êtes revenus sur vos pas jusque sur Rachel où vous avez écopé des Éclopés. Vous vous êtes butés à une distrayante serveuse avec une paire de seins tout de même trop saillants pour le corps qui les soutenait. Ça sentait les nénés siliconés, l'opération à seins ouverts pour l'obtention de gros nichons qui font augmenter les pourboires qui serviront à se faire refaire la face lorsque la coke et les années auront commencé à la ravager.

Bref, la détentrice des nichons en question a eu tout de même pour effet d'amadouer ton compagnon à la critique cinglante. Il lui faisait les yeux doux et elle jouait le jeu du beau sourire de connivence, mais elle s'en branlait éperdument, car elle savait pertinemment qu'elle aurait une rétribution à la hauteur de ses atouts. La folie des rondeurs amenuisée, il s'est remis à déblatérer sur son sujet de prédilection : lui-même.

Comme tu l'avais présumé, c'était un artiste comme il en existe tant. Il se disait écrivain : il apparaissait bien plus comme un auteur qui n'était pas à la hauteur du statut d'écrivain. Tu te gardais toutefois de le lui dire pour ne pas avilir la grande fierté qu'il avait pour lui-même. Tu faisais la pute. Tu te laissais payer la boisson en retour de toute ton attention.

– Tu sais, p'tite tête, pour moi l'écriture, c'est une vraie torture. C'est ce qui me fait mal et qui, à la fois, m'affaiblit tout en me donnant la force d'être plus fort et plus grand au sortir de mon processus de création. L'écriture chez moi, c'est un don et j'essaie autant que possible d'en faire profiter le plus grand nombre de lecteurs. Mon premier manuscrit, p'tite tête, je l'ai fait parvenir à un éditeur, un seul, et huit mois plus tard mon livre était dans toutes les librairies et j'avais tous les chroniqueurs culturels au cul. Début fulgurant. Et ça n'a pas vraiment arrêté depuis. Un don, j'te dis, un talent à l'état pur. J'te regarde, p'tite tête, et j'parie que t'écris toi aussi. J'ai du flair pour ça. Allez, t'écris ou t'écris pas ?

– J'écris.

– J'aurais gagé ma chemise. Tu fais dans quoi ?

– Un peu de tout.

– Oui, mais dans quoi en particulier?

– Littérature jeunesse.

– C'est quoi ton truc?

– C'est l'histoire d'une ado qui vit avec son père alcoolique qui abuse d'elle quand ça lui travaille dans le manche pis qui, de temps à autre, la refile à son cousin qui travaille chez Molson-O'Keefe et qui lui sort en retour de sa nièce des caisses de bière à moitié prix.

– De fait, est-ce que je t'ai dit que ma candidature a été retenue l'an passé pour la remise du prix Molson de l'Académie canadienne-française? Bien sûr, ils l'ont donné à un auteur plus grand public que moi, mais ça ne me fait pas un pli en dessous des cernes. Tu sais, p'tite tête, moi, c'est le dernier de mes soucis, d'être accessible. Je ne suis pas une putain à la Beauchemin, à la Jardin ou à la Cousture. Je ne fais pas de compromis, je demeure authentique avec tous mes tics et mes tacs. D'ailleurs, c'est sûrement ce qui m'a valu d'aller, l'an dernier, jusqu'au deuxième tour pour la remise du Renaudot. Si mon livre ne fonctionne pas – remarque que ça ne m'est jamais encore arrivé –, ça ne fonctionne pas, c'est tout. Je n'ai pas à me renflouer les poches en écrivant, par exemple, des histoires pour les mômes. La littérature, c'est sacré pour moi. C'est trop capital et trop intouchable pour que je me permette de sombrer dans la facilité. Mais je te comprends, p'tite tête, il faut gagner sa croûte. Moi, je demeure écrivain avec tous les sacrifices et avec toutes les concessions que cela comporte. Je veux demeurer pur, sans faire aucune concession. Crois-moi, p'tite tête, c'est pas facile dans ce métier. Il faut avoir une volonté à toute épreuve et une force de caractère qui…

Ça s'est éternisé de cette façon jusqu'à ce que monsieur se sente fatigué. Lorsque tu as réussi à placer une autre phrase, ce fut pour lui demander s'il pouvait te passer dix dollars; ce qu'il fit avec empressement, mais indifférence. Il se leva, mit son manteau et se dirigea vers les toilettes.

Tu en as profité pour empocher le généreux pourboire qu'il avait déposé sur la table avant que la proéminente poitrine ne mette la main dessus. Vous vous êtes dit au revoir et il t'a laissé ses coordonnées sur un bout de papier tout en t'encourageant à le contacter parce que ça lui ferait plaisir de refaire la tournée des grands ducs en ta compagnie. Tu parles! Ça lui ferait bien plus plaisir de s'épancher sur un pauvre type qui n'a d'autre choix que d'écouter, faute d'avoir quoi que ce soit d'intéressant à dire.

Tu as marché un bout sur Rachel jusqu'au Kiev où tu t'es envoyé un pichet vite fait sous les regards réprobateurs des gouines et des boutches. Il te restait quarante-cinq sous. Pas même assez pour t'en mettre une petite dernière derrière la cravate. Tu as marché quarante-cinq minutes, ta vieille Timex en faisant foi. Tu as aperçu une cabine téléphonique et tu as de nouveau senti le besoin d'appeler à l'aide, le besoin s'il le faut de faire chier à tes frais. Tu as senti également l'alcool te monter à la tête et ses effets te faire le plus grand effet. Depuis le temps que tu le côtoies, tu sais ce qu'il t'apporte et tu sais à quoi il te soustrait. Tu as senti que tu allais peut-être faire une gaffe, mais que, si tel était le cas, tu devais tout de même la faire. Au point où tu en es, tu n'en es pas à un désastre près, sacrament.

□

– Salut, ça roule?
– Qui est-ce?
– Ton frère, sacrament.
– Sais-tu quelle heure il est?
– Non, mais je sens que j'vais le savoir.
– Il est une heure du matin. Tu as encore bu?
– Juste un peu. Juste assez pour me délier la langue.
– C'est bien la première fois que tu as envie de me parler. Évidemment, il fallait que ça arrive en pleine nuit. Tu peux jamais faire comme les autres et appeler à des heures normales. Qu'est-ce que tu veux? De l'argent?

– Tu manques d'imagination. J'veux juste de tes nouvelles.

– Ça aurait pas pu attendre à demain ? En fait, depuis quand est-ce que ça t'intéresse d'avoir de mes nouvelles ?

– Depuis que je ne sais plus quoi faire de mes vingt-cinq cents. Pour dire vrai, c'est plutôt de Chthonienne que j'veux avoir des nouvelles.

– De qui ?

– De ta fille.

– Oui. Elle est de retour à la maison. On a su qu'elle habitait en chambre à ville Saint-Laurent. On est parvenu à la convaincre que la meilleure chose pour elle, c'était de revenir à la maison. Elle vit de graves problèmes : nous devons être forts et auprès d'elle pour la soutenir et l'aider à surmonter ses difficultés. Voilà, maintenant que tu sais tout ce que tu avais à savoir, il ne me reste qu'à te souhaiter de passer une bonne nuit.

– Est-ce que j'peux lui parler ?

– À qui ?

– À ta fille, sacrament. J'la mangerai pas.

– Je ne vois pas ce que tu aurais à lui dire.

– J'aimerais lui parler, c'est tout.

– Je ne crois pas que ce soit très à propos.

– Si tu me laisses lui parler une p'tite minute, j'te fous la paix pour le reste de ta vie.

– Je ne vois pas ce que tu aurais à lui dire. Si tu veux, je peux lui transmettre le message.

– Si tu y tiens. Dis-lui que je l'aime.

– Quoi ?

– Dis-lui que je l'aime.

– Tu te paies ma tête ou quoi ?

– Pas du tout. Dis-lui que je l'aime.

– Tu as encore trop bu. Tu es complètement ivre. Tu dérailles, ça devient sérieux, alarmant même. Une cure fermée te serait d'un grand secours.

– S'il te plaît, fais-lui le message, dis-lui que je l'aime vraiment.

– Arrête de dire ça. Tu es complètement malade, merde. Tu te rends compte de ce que tu dis? Qu'est-ce qu'ils t'ont foutu dans la tête pour que tu sois aussi tordu? Tu racontes n'importe quoi.

– Ce n'est pas n'importe quoi, je l'aime vraiment, ta fille, et je crois qu'elle m'aime aussi.

– Ma fille est gravement malade; diagnostiquée sclérose en plaques. Sais-tu ce que ça veut dire, sclérose en plaques, espèce d'imbécile? Non, tu ne le sais pas. Tu ne sais rien, tu sais juste boire pour oublier que tu ne sais rien. Tu sais juste nous emmerder et nous rendre la vie impossible. La sclérose en plaques, ça veut dire qu'elle a toutes les misères du monde à se tenir sur ses jambes, qu'elle ne fait pas deux pas sans s'appuyer contre le mur ou sur le dossier d'une chaise ou sur la table ou sur tout ce qu'elle trouve pour ne pas se ramasser à plat ventre sur le plancher. Ça veut dire qu'elle peut passer des journées entières au lit parce que le moindre geste l'épuise complètement. Ça veut dire que lorsque la douleur devient insupportable, la seule chose à faire, c'est de lui injecter de la cortisone en espérant espacer les crises. Sais-tu ce que ça fait, de la cortisone? Non, tu ne le sais pas. Ça vous gonfle comme un ballon soufflé à l'hélium et surtout ça ne guérit pas. Ça ne fait qu'atténuer la douleur. Non, tu ne sais foutrement pas ce que ça veut dire, la sclérose en plaques, et tu sais encore moins ce que c'est que d'être la mère d'une fille qui avait toute la vie devant elle et qui est maintenant atteinte d'une maladie incurable. Aujourd'hui, c'est la canne et demain peut-être la chaise roulante. Non, tu ne sais rien. Tu ne sais que dire des absurdités. Tu ne sais que nous empoisonner l'existence. Ne rappelle plus. Laisse-nous tranquilles. Disparais. Va mourir au loin, s'il te plaît.

☐

Il est tombé quelques flocons de neige sur la ville pendant la nuit. Lorsque tu t'es réveillé à l'aube dans le parc

Lafontaine, bien dessoûlé et bien dissipé, la portée de ses paroles t'avait déjà abattu comme un vulgaire chien battu. Tu étais touché au cœur. La blessure avait pris des proportions démesurées. Dans la béatitude de ton abattement, tu t'es laissé porter par cette espèce d'errance propre à ceux qui sentent les derniers milles défiler sous leurs pieds. Tu ne savais pas trop ce qui allait t'arriver, mais tu devinais que cela arriverait tôt ou tard.

Entre-temps, un vieux résidu à l'irréductible haleine de fond de tonneau t'a fait partager son fond de whisky. Il avait bu la bouteille à lui seul. Il marmonnait et il n'y avait rien à comprendre à son charabia de sans-abri sans le sou toujours soûl. Tu as eu à peine le temps d'humecter tes lèvres sur le goulot galeux qu'il s'était recroquevillé sur le côté, la joue gauche contre la terre encore gelée, et qu'il dormait comme un ange déchu et décharné. C'était de toute beauté et même touchant de le regarder tout grelottant et tout agité, emporté par un sommeil assommant que les rêves ne côtoient même plus. Une véritable fresque de la décadence urbaine. Tu l'enviais d'être aussi bas, bien à l'abri des coups d'éclat.

Tu as profité du pitoyable état dans lequel il s'était mis pour lui subtiliser le cinq dollars qui dormait inutilement dans l'unique poche de son veston. Tu t'es également taillé avec son chapeau en feutre brun que tu t'es empressé, pour quelques dollars de plus, d'aller vendre rue Saint-Antoine à l'Armée du Salut. Tu as marché une partie de l'après-midi pour exorciser le mal qui précède tes ouragans. En vain, tu avais la rage à fleur de peau et de l'argent de trop. Question de te faire baisser la température en deçà du seuil de ta pauvreté, tu as été étaler tes supplices sur une des tables du Saint-Sulpice.

Tu encaissais un troisième deux pour un en l'honneur de tes facultés déjà affaiblies par le jeûne habituel de tes virées galériennes, lorsque cette traînée aux traits névralgiques, cette guidoune de grand chemin qui n'ira jamais bien loin, bref, tu cuvais ta cuvée de merde 1995 lorsque cet avenant avorton fruit d'un avortement avorté t'a accosté comme une banquise qui débarque sur ce qui se trouve être ta barque. Si elle avait su dans quoi elle s'embarquait, elle aurait débarqué vite fait.

Ta nature étant ce qu'elle est, c'est-à-dire influençable, tu as eu tout de suite un faible pour son sexe. Comme tu es le genre à aller jusqu'au bout de tes faiblesses, ça n'a pas été long avant qu'un motton naisse à l'intérieur de ton pantalon. Vous avez mis votre argent en commun et vous avez bu tant que vous avez pu, jusqu'à ce qu'il n'y ait plus de doute sur la déroute à suivre pour succomber à vos idéaux de bas de ceinture. Vous avez bouffé des champignons magiques que son beau-frère, Magic Dealer, lui avait vendus à moitié prix. Vous vous êtes ensuite enfermés dans les toilettes des hommes. Ça tournait tellement vite autour de toi que tu ne t'es même pas aperçu qu'elle avait baissé ton pantalon et qu'elle s'apprêtait à frayer ta friandise jusqu'aux frontières des frictions frénétiques. C'était drôlement stimulant que de voir cette poupée gonflée qui ne demandait qu'à te manger la graine sans même l'avoir palpée. Pas besoin d'être un spécialiste pour s'apercevoir qu'elle était une experte en matière organique. Cette véhémente collectionneuse de vergetures n'en était pas à ses premières verges.

Elle a, en second lieu, pris l'affaire en main pour mieux en évaluer la taille et la circonférence, question de prendre pleinement son pied sans être sur la défoncive. Faisant suite à ces formalités d'usage, le fin phallus, fidèle à ses instinctives habitudes, se glissa en deux temps et deux ou trois mouvements dans la fascinante fente entremettante, cette entaille de taille qui mène aux tréfonds des entrailles. Ça s'est passé comme dans du beurre mou d'autant plus qu'halluciné comme tu étais tu n'as strictement rien senti. Vite fait, bien fait, sans être pris sur le fait… à peine content de ce qui se faisait, à peine conscient de ce qui se passait.

Elle insistait pour relancer les ébats chez elle à Ville-Émard. Tu as à peine eu le temps d'acquiescer à sa brûlante demande que vous étiez déjà en direction d'Angrignon à faire les pitres au vu et au su de tous. Faute de détourner le wagon, vous détourniez l'attention. Elle ne cessait de rire ; elle était dans son stade euphorique. De ton côté, tu commençais à être en pleine maîtrise de tous tes moyens, tes capacités étaient à leur maximum. C'était la grande forme : tu étais dans ton stade olympique. La cochonnerie de Magic Dealer te donnait des fourmis entre les jambes. Si tu ne t'étais pas retenu, tu lui aurais déchiré tous ses vêtements, tu l'aurais basculée sur la place publique pour l'entendre crier aussi fort que le conducteur qui beugle dans son jargon chaque fois la prochaine station. Tu lui racontais n'importe quoi tout en lui caressant l'entrejambe. Les passagers semblaient choqués, outrés à outrance par ce chassé-croisé à la vulve toute mouillée. Tu continuais ton cirque en lui marmonnant des mots cochons, ce qui la faisait se tordre de rire. Tu chérissais l'instant où elle se dilaterait la rate une fois pour toutes. Tu rêvais de la voir passer de l'euphorie à la frayeur, te quémandant du regard une aide que tu te garderais bien de lui fournir. Ce serait à ton tour de te marrer de cette maquerelle en voie de suffocation, de cette Marie-Salope martyre de ses abus de rire.

À Lionel-Groulx, les bleus t'ont pris et le bad trip a fait son petit bonhomme de chemin jusqu'à De l'Église où tu as empoigné ta partenaire de circonstance pour vous éjecter hors du métro.

– Où est-ce qu'on va ?

– J'sais pas. On sort d'ici. J'étouffe. On marche, on prend l'air, on s'envoie en l'air sur un banc de neige. N'importe quoi, pourvu qu'on sorte d'ici.

– Ça va pas ?

– D'après toé ?

– Tu badtripes ?

– Oui, je badtripe pis tais-toé ou j't'étripe.

86

Comme c'était le genre à se faire parler comme la dernière des dernières, elle a trouvé ta réplique plus drôle que blessante. Vous avez marché un sacré bout de temps. Toi devant, elle derrière. Tu essayais de retrouver tes esprits : rien à faire. Incapable de placer une idée à la suite d'une autre, incapable de faire le suivi dans ta tête de suif.

Tu aurais déambulé ainsi une bonne partie de la soirée avec ta débandante débine de débauché, mais ça ne faisait pas l'affaire de Marie-Salope :

– Eh, Twitos, ça commence à faire, la marche forcée. Trouve autre chose.

– Autre chose comme quoi, chose ?

– Sais pas. T'aurais pas le goût de m'acheter un petit quelque chose ?

– Un petit quelque chose comme quoi, chose ?

– Un petit cadeau, par exemple. Je le mérite bien, depuis le temps qu'on marche.

– Un petit cadeau ! T'en as d'autres comme celle-là ? J'ai pu une ostie de cenne sur moé.

– Tu pourrais me piquer un petit quelque chose. C'est l'intention qui compte.

– Compte là-dessus. J'irai surtout pas faire de la taule pis me faire enculer par tes grosses brutes pour tes beaux yeux, sacrament.

– Tu connais rien aux femmes. T'es nul, t'es peureux, t'as pas de talent, t'es rien qu'un...

– O.K. T'en veux, une surprise ? Tu vas en avoir une pour mon argent, sacrament.

Tu l'as laissée sur le coin de la rue pour t'engouffrer chez Jean-Coutu. Elle en voulait, un cadeau : elle en aurait un à la hauteur de sa bassesse, sacrament. Elle en baverait de colère ; lui faire assez honte pour qu'elle te foute la paix, une fois pour toutes... qu'elle te suive, qu'elle te suce ou qu'elle crève.

– Qu'est-ce que tu fous ? Ça fait au moins quinze minutes que je me gèle dehors pendant que monsieur se réchauffe en dedans. T'as trouvé ?

– Ouais.

– Tu t'es pas fait prendre?

– Si je m'étais fait prendre, je serais pas icitte, niaiseuse.

– Alors, qu'est-ce que t'attends pour me le donner?

– Fouille dans mes poches.

– Celle-là?

– Non, tu vas tomber sur des vieux kleenex pleins de morve.

– Qu'est-ce que c'est? De la crème de beauté?

– De la crème de beauté, non mais tu t'es pas vue?

– C'est quoi d'abord?

– C'est un onguent spécialement conçu pour camoufler toutes tes ridules qui te donnent un air si ridicule, tous tes plisses qui te trahissent. Avec ma crème, tu vas pouvoir sniffer ta ligne chaque jour sans que ça paraisse trop, tu vas pouvoir te poudrer la face jusqu'à ce que ton affreux nez se décroche tout seul de ton de visage préhistorique. T'es pas contente, p'tite poulette avec une peau de femme âgée de soixante ans?

– Va chier, t'es rien qu'un kriss de mangeux de marde. Va te branler tout seul, maudit trou de cul.

Elle n'avait pas eu le temps de se retourner que déjà tu l'avais saisie par le bras pour la serrer contre toi.

– Lâche-moi, j'm'en vais.

– Minute, Marie-Salope, tu t'en tireras pas comme ça. Tu m'as fait bouffer de la cochonnerie, assume les conséquences de tes actes. Viens-t'en, on marche, ça va nous faire du bien.

– Ça va faire, la marche, Twitos, tu me dis où on s'en va comme ça ou sinon tu marches tout seul. Où est-ce qu'on va? Réponds. Où est-ce qu'on va? J'veux savoir où on va.

– Arrête de poser des questions pis avance.

– Où est-ce qu'on va?

– Aucune ostie d'idée.

– Où est-ce qu'on va?

– Au bingo, tiens. Embraye, on va jouer au bingo.

À force de faire chier la vieille à l'entrée, vous êtes parvenus au bout de vos fins : vous faire subventionner chacun une carte avec une poignée de jetons. Vous vous êtes assis bien raisonnablement derrière, dans l'attente de la tourmente. Marie-Salope avait retrouvé son fou rire d'antan alors que ça sentait la soupe chaude dans ta cervelle en ébullition. Vous vous faisiez dévisager comme des Visages pâles au milieu d'une tribu de vieilles Indiennes prêtes à vous faire la guerre. On vous faisait sentir que vous n'étiez pas à votre place et que s'ils avaient été plus jeunes, ça n'aurait pas été long qu'ils vous auraient remis à la vôtre. Pouvoir suprême à l'impudente jeunesse, celle qui fait chier les aînés et leur marchette, celle qui n'a pas peur de voter oui pour construire un pays au risque de débâtir un continent, sacrament. Bref, vous n'étiez pas à votre place et tu t'en balançais royalement. À ta décharge, il faut admettre que ça fait trente ans que tu la cherches, ta foutue place, et ce n'est pas toutes les pensions de vieillesse réunies qui vont te désaxer de la désindexation que tu fais subir aux coûts que te coûte ta vie. On se comprend : c'est l'important.

Les numéros se succédaient à une vitesse phénoménale d'autant plus que tu étais incapable de lire correctement les chiffres sur ta carte. Ça t'a monté à la tête en moins de temps qu'il n'en faut pour vociférer bingo. La partie venait tout juste d'être entamée que d'un geste brusque et subit tu t'es levé debout sur ta chaise en gueulant : BINGO MINGO ! S'ensuivit le désormais célèbre cri épique des Peaux-Rouges avant de se faire descendre par cet enfant de chienne de John Wayne dans les westerns américains.

Un carnage bien d'aplomb sans ambages, sans concessions. Un remue-ménage digne de ton sang de cochon. Plus une table et plus une chaise qui ne tienne debout, plus un doute sur ta nature de fou. En ce qui concerne le boulier, il s'est retrouvé à l'autre bout de la salle ratant à un cheveu près ta cible de prédilection : Marie-Salope. Fracassé en mille et un morceaux, ça ressemblait bien plus à un casse-tête chinois qu'à un instrument de loto. Rien ne pouvait t'arrêter, le processus était enclenché : tu avais une dent contre l'humanité. Un dentier entier contre les crocs bien aiguisés des classes privilégiées, contre le laisser-aller, le laisser-faire et les laissés-pour-compte qui se plaignent que leurs jours sont comptés, contre la débauche légiférée, contre la débâcle législative, contre la bombe H et la bombe à neutrons, contre les bombes à retardement et celles en avance sur leur temps, contre les bombes ornières qu'on donne à la fête des Mères, contre les élus de Dieu, contre les suppôts de Satan, contre la religion, contre les religieux, contre les reluisantes reliques de reliquats-scélérats, contre le célibat, contre la cellulite, contre les vœux pieux et les vœux de chasteté, contre les dons d'organes, contre les prêts d'hormones, contre les caisses de dépôt et de placement à sperme, contre l'insémination artificielle par les voies naturelles, contre les cuisses qui se prennent à la légère, contre l'insoutenable légèreté des vinaigrettes *calorie-wise*, contre les toxicos, contre les vapeurs toxiques, contre la cuisson vapeur qui ne vient pas à bout des durs à cuire, contre la législation des drogues dures et surtout, surtout, contre la consommation d'hallucinogènes par ceux dont les gènes portent à la génération d'un système où les sièges de la suprématie sont occupés par d'imminents déficients assis.

Tu avais une dent de sagesse contre l'humanité et tu te chargeais personnellement de lui enseigner le B.A.-BA de l'intempérance. Une vertu buccale qui te faisait mal jusque dans les territoires occupés par ta carie cervicale. Il fallait que tu exploses, que tu expulses de toi toute cette compulsion trop longtemps réprimée.

Ç'a sorti à l'état brut et c'est l'annonceur maison qui a écopé de ton écart de bonne conduite. Tu l'as tabassé à coups de micro et ça faisait de drôles de bruits dans les colonnes de son. Et ce n'était pas suffisamment libérateur à ton goût. Ça ne donnait que des échantillons d'ecchymoses. Tu voulais du sang frais pour purifier le pus de ton abcès, pour liqué-fier le sol de tes excès.

Tu bûchais encore et toujours dessus lorsque l'es-couade bovine, arrivée sur place à brûle-pour-poing, s'est ruée sur toi pour te rouer de coups bas. C'était ta fête à ton tour. À ton tour d'être la bûche des bûcherons, à ton tour d'assumer le rôle ingrat du plus faible et du seul contre tous. Avec toute l'expérience qu'ils ont dans l'art de molester, les bœufs savent où et comment frapper. Tant et si bien que tu ne t'es réveillé que le lendemain entre les quatre murs d'une chambre étroite, bien attaché à ton lit. Décor sobre et dénué de ce qui se révélerait être la fin de la fin avec tout son saint-frusquin.

5

C'est ici que débute la fin. C'est là qu'elle a commencé. Itinéraire impeccable d'un parfait salaud... d'un social zéro.

Momentanément soulagé du fardeau de tes comportements hérétiques, il n'en demeure pas moins que ça commence à sentir le roussi, à sentir le fagot. À regarder par deux fois le merdier dans lequel tu t'es plongé, tu ne donnes pas cher de ta peau. Rôti ou frit, tu es prêt à parier qu'on ne se gênera pas pour te cuisiner. Connaissant ta propension pour la propagation de tout ce qui s'apparente à la provocation, il n'est pas étonnant de te retrouver dans des draps aussi hospitalisants. Tu peux au moins te vanter d'être à l'écoute de tes fissures de fêlé bien fendu juste à l'endroit où l'amour réparateur ne suffit plus à racheter les pots que tu as cassés, à effacer ta «dép.» envers la société.

Cloué de la sorte à ton pieu, ils peuvent dormir sur leur oreiller : tu ne risques plus d'être le clou d'aucune soirée. Vissé à ton lit, ayant pour vis-à-vis un face-à-face avec l'ennui. Tu as l'air d'un colis sans adresse qu'on a volontairement oublié par manque d'intérêt pour le sujet. Tu as l'air d'une histoire triste dont on a effacé le passage, dont on a tourné la page.

Tu écoules les journées à essayer de ne pas songer à ce qui risque de t'arriver tôt ou tard. Tu meurs de faim, tu meurs de soif, tu meurs d'amour, tu meurs tout court. Tu ne cries pas : tu respectes ta loi du silence. Tu ne t'étouffes pas de rire : tu ne ris pas parce qu'il n'y a vraiment pas de quoi rire. Tu t'immisces dans ta mort, tu respires encore. Faute d'être immortalisé, tu t'immatérialises comme une tache immaculée. Tu te fonds à ton matelas dans un dernier effort retentissant, dans un dernier essor ressortissant.

Le truc, c'est de rester là, ligoté sur le dos sans trop y penser. Le truc, c'est de faire comme si de rien n'était alors que rien n'est plus. Il ne faut rien regretter et ne pas se laisser culpabiliser par des clichés comme : la morale de cette histoire. Il n'y a pas de morale dans cette histoire tout simplement parce que tu n'en as plus. Tu ne regrettes pas. Hier, c'était ta fête encore une fois. Une fois de trop. Tu t'es fait un cadeau : lâché lousse dans la brousse avec le diable à tes trousses qui a fini par te rattraper et qui te le fait maintenant payer. Un cadeau de trop. Tu n'as pas d'amertume. Même si on a tendance à t'accuser de tous les maux, même si on t'a ficelé sur le lit des accusés, tu ne te sens pas pour autant coupable. Tu essaies de te persuader que tu es un peu victime aussi; un saint-innocent dans tous les sens d'innocent. Bref, tu essaies de ne pas trop y penser.

En vérité en vérité, tu te le cries : tu as perdu à jamais ce qui se rapproche de la liberté. Il ne reste plus que cette chambre asphyxiante, que ces cordes astreignantes. Il n'y a que ce décor dénué de toute forme de personnalité. Ce décor dépouillé où tout a commencé... où tout est terminé.

☐

— Qu'est-ce que tu fais là, toé le comique?
— J'suis venu te rendre une p'tite visite.
— Par où t'es rentré?
— J'suis passé à travers le mur, c't'affaire.
— Tu parles d'une façon de faire son apparition.
— Avoue que pour une apparition, c'est toute une apparition.
— Tu parles! J'te pensais mort. Au bout du compte, c'est ben normal que tu sois icitte parce que j'ai jamais fait

une job comme du monde. C'est pas aujourd'hui que ça va changer.

— Tu n'y es pas du tout, mon pitou. On t'a jamais dit que la foi déplaçait des montagnes?

— A t'a pas charrié avec le congélateur quand même? On rit ben, mais reconstituer un fidèle débité à la pièce, faut le faire.

— C'est comme tu dis.

— C'est pas pour te contrarier, mais il te manque un bras.

— Parle-moé-s-en pas. Tu te souviens de l'épisode du congélateur ouvert en pleine nuit?

— Une défection?

— On peut rien te cacher.

— J'aurais dû m'en douter.

— C'est pas pour t'embêter, mais on dirait que c'est ton tour d'être ficelé comme un saucisson. Tu t'imagines ce qui risque de t'arriver lorsqu'ils vont me retrouver frigorifié dans ton appartement? Parce qu'il faut pas se faire d'illusions, y finiront ben par me retrouver. Mon homme, je gage un dix qu'ils vont te transférer aux States juste pour le plaisir de voir ta foutue cervelle de dingue fondre à grands coups de décharge électrique.

— Ils ne vont pas te trouver puisque t'es icitte avec moé.

— Casse de bain, c'est mon esprit qui est ici, ma pauvre carcasse en morceaux est toujours dans ton congélo.

— On dira ce qu'on voudra, être témoin de Jéhovah, ça fait des merveilles.

— T'aurais dû te convertir la fois que j'suis passé chez vous. Mais non, y'a fallu que tu perdes la boule pour que toute le reste s'écroule. Maintenant, y'é trop tard. On fera pas de miracles sur ton cas. C'est ben beau tout ça, mais mon aura commence à faiblir. Va falloir que j'retourne au bercail.

— Tu repasseras, on est pas sorteux.

95

– Tu fais pas mal pitié, organisé de même. Allez! J'te pardonne, espèce de débutant.

– Moé aussi, sacrament de revenant.

☐

«Mon nom, c'est Bob. Que tu le veuilles ou non, tu vas t'en rappeler, je t'le promets. Tu sais où t'es ici? T'es dans un hôpital pour des types qui ont des gros problèmes dans le coco. Pour être plus précis, t'es dans l'aile psychiatrique que l'on nomme le «bunker». Et le bunker, c'est tout juste un étage au-dessus de l'enfer. Et encore, il y a des jours où on se demande si c'est pas plus bas, tu verras. Et tu sais ce qu'il y a dans le bunker? Il y a juste toi et moi et un garde qui passe de temps en temps pour te faire manger, chier et pisser. Même ta psy n'a pas d'affaire ici. Ici, c'est moi ton psy, c'est moi ton boss et c'est même moi ton Dieu, parce que si t'as quelque chose à demander, c'est à moi que tu le demandes. Ici, c'est moi qui m'occupe de toi et tu vas le savoir assez vite merci. C'est moi qui te soigne et ce ne sera pas de la médecine douce, je t'en passe une aiguille. Il n'y a que toi et moi pour t'emmerder et pas à peu près. C'est ma spécialité, en faire baver.

Je pourrais te laisser sortir de ta chambre puisque, ici, on ne va pas bien loin et que, quand on veut aller trop loin, on s'en souvient et on ne le refait plus. Toi, t'es déjà allé trop loin. Tu ne le referas plus. Tu ne sortiras plus. Je pourrais te laisser sortir de ta chambre, mais ça ne me tente pas du tout. Je pourrais t'enlever tes straps pour que tu puisses au moins marcher, mais ça ne me tente pas non plus. Ce qui me tente, c'est juste de t'emmerder et pas à peu près.

Tu sais qu'en faisant ton cave t'as blessé deux bonnes femmes de plus de soixante ans sans compter le type que t'as tabassé et qui, à cause de toi, repose dans un état stable mais critique aux soins intensifs. Personnellement, je trouve ça dégueulasse. Tes conneries, ça me met en rogne et ça vient carrément me chercher. Prends ma mère, par exemple, qui a soixante-neuf ans. Tout ce qui lui reste de plaisir dans la vie, c'est de sortir avec ses amies le vendredi soir et d'aller faire un tour dans le sous-sol de l'église à côté de chez elle pour le bingo de la semaine. C'est sa petite sortie, comme elle dit. Quand je pense qu'elle pourrait tomber entre les pattes d'un hurluberlu de ton espèce, ça m'incite encore plus à te faire passer un mauvais quart d'heure et à te faire regretter d'être venu au monde. Tout ça pour te dire que t'es pas dans mes bonnes grâces et qu'ici ce sera pas une sinécure.

Tu sais, ici, t'es même pas en prison. T'es même pas un numéro de matricule. T'es ce que t'as toujours été : moins que rien. Et ici, tu vas en prendre conscience et ça va te rentrer dans la tête à tes dépens et tu vas prier le bon Dieu, même si tu n'y crois pas, pour que le mois passe le plus vite possible parce que t'es dans le bunker pour au moins un mois au cas où tu ne le saurais pas. Tu vas même prier le bon Dieu pour revoir ta psy. T'aurais jamais cru ça, hein !

Je vais te laisser tout seul comme un rat, attaché à ton lit, à mijoter dans tes idées noires. Tu croiras pas à ça. Et si par malheur tu gueules trop, je vais t'injecter des doses de médicaments qui vont t'assommer assez pour que tu ne puisses même plus te rappeler ton nom de famille. J'ai pour mon dire que de la racaille de ton espèce, c'est ce qu'il y a de plus dur à supprimer. Tu verras, tu t'en sortiras. Et même si tu t'en sortais pas, qui s'en soucie ? Sûrement pas moi.

Et dehors, est-ce qu'il y en a qui s'en soucient ? C'est comme pour tous les autres, ils sont bien plus soulagés de te savoir ici que de te savoir en liberté et d'avoir toutes les peines du monde à s'endormir la nuit parce qu'avec de la charogne de ton espèce on peut jamais prédire quand tu vas remettre ça. Ici, t'es à ta place, ça fait que entre ça dans ce qui te reste de cervelle et prends ton trou. Et j'te déconseille fortement de n'en faire qu'à ta tête et de déranger tout le bloc. Évite les crises, ça t'évitera aussi que j'te coffre dans un endroit encore plus triste que celui-ci. Dans une pièce bien capitonnée et bien hermétique. Si hermétique et avec si peu d'utilité que si ça me trottait dans la tête de t'oublier, tu serais bien obligé de faire dans ta camisole de force. Moins tu me verras et mieux tu t'en porteras. Bob : tu vas t'en souvenir, je t'le promets.»

☐

Tu t'en es mis partout. Partout où tu pouvais en mettre. Ça vient de toi et ça te répugne autant que ça pue. Ça te lève le cœur et ça repart de plus belle. Ils ne bougent pas. Ils ne viennent pas. Ils sont sur leur statu quo. Ils obéissent aux ordres de Bob et te laissent dans ton désordre. Ils viennent quand ils veulent et non quand tu dégueules. Ils ne peuvent être que des dégueulasses pour te laisser poireauter ainsi dans ton vomi.

Tu as bien plus que ce que tu mérites, et que celui qui est en désaccord avec toi te lance la première pierre ou, s'il n'en a pas la force, qu'il l'attache à tes pieds et te jette à la mer. Tu as accumulé les âneries, les bêtises jusqu'à ce que la cour soit pleine à craquer, mais tu ne te sens pas fautif pour autant.

Le sort en est jeté et ça s'est ramassé en bordure de ta démarche ordurière. Tu paies le prix, mais tu as profité de l'achat. À quoi ça sert de toujours se questionner sur la légitimité de ses actes pour être clair de tout soupçon ? À quoi ça sert d'être dans la fleur de l'âge et d'être beau et d'être bon et de gagner cher et d'avoir les deux pieds bien par terre tout en se satisfaisant de sa petite autosuffisance et de ne pas savoir ce que c'est que d'en baver parce qu'on refuse de faire le beau, le bon et d'être dans les rangs et de ne pas savoir ce que c'est que de manger de la marde par les trous du nez, quand c'est bien plus facile de les garder loin des mauvaises odeurs ? À quoi ça sert d'avoir un char de l'année, quand on n'a jamais appris à marcher, et à quoi ça sert d'avoir une piaule, quand on n'est jamais sorti dehors, les yeux grands ouverts et le cœur en saignée, pour regarder toute la marde qui s'y brasse? À quoi ça sert d'avoir sa voluptueuse petite femme à insécurité maximale quand on ne s'est jamais laissé porter et meurtrir par l'amour aveugle? À quoi ça sert de se ramasser en banlieue avec sa petite madame, professionnelle de la santé, avec sa haie finement taillée, avec son gazon fraîchement coupé et sa piscine creusée lumineusement éclairée? À quoi ça sert d'avoir des ambitions aussi petites lorsqu'on peut s'éclater à satiété jusqu'à risquer d'aboutir dans une thérapie fermée?

Aujourd'hui, tu t'en mords les doigts et tu te tapes en pleine gueule la monnaie de ta pièce, mais ça valait ce que ça valait et tu l'as vécu comme un malade et tu l'as vécu à t'en rendre malade, mais ça valait ce que ça valait. Tu as brûlé des étapes. Tu avais le feu au derrière. Aujourd'hui, le feu s'est éteint tout seul... le feu sacré. N'empêche que si tu regardes la fumée derrière, il y a au moins matière à écrire un roman, sacrament. Par conséquent, leurs pierres des champs, ils peuvent se les garder pour leurs inscriptions funéraires au lieu de les balancer à tort et tout de travers.

C'est à peine supportable, à peine concevable que tu sois réduit ainsi à ta plus simple expression. Tu tentes de te convaincre que c'est la vie, mais si c'est aussi sale que ça la vie, alors pourquoi ne pas t'en dispenser une fois pour toutes au lieu de te laisser baigner dans de pareilles humiliations? Tu la connais, ta leçon : le truc c'est de ne pas trop y penser, de penser à autre chose. Ce n'est pas aussi évident que ça lorsque le contexte est aussi nauséabond. Ton odorat te trahit et te replonge dans ton avanie. C'est ce genre de situation qui te force à être au-dessus de tes forces. Mais, sacrament, tu ne peux pas être toujours au-dessus de tout quand on te force à te contenter du dessous.

Ne pas trop y penser. Passer à autre chose. Tu fermes les yeux et tu recules, recules loin derrière jusqu'à ce que ses beaux-grands-yeux-qui-engloutissent-tout-l'univers t'apparaissent dans un foudroyant éclat de nostalgie. Les yeux clos, les lèvres closes, tu la vois et tu la goûtes plus que jamais et, pour autant que tu saches, tu l'aimes encore toujours autant. Les souvenirs défilent comme un classique qu'on ne se lasse pas de revoir et tu t'accroches à un instant précis en apparence anodin : une nuit d'été trop chaude et trop humide dans ce quartier de Côte-des-Neiges et sa délicate main dans la tienne, sa délicieuse main qui comble tout le silence de cette promenade nocturne. Juste le goût du bon qui chasse le plus mauvais, juste un goût d'éternité, un arrêt à perpétuité. Juste sa main, juste le contact de sa peau, juste qu'elle soit là, sa main dans la tienne, dans ce quartier de Côte-des-Neiges en pleine nuit trop chaude et trop humide. Juste ses beaux-grands-yeux-qui-engloutissent-tout-l'univers et tu es l'univers et tu es englouti et tu en es fier.

Au retour de cette promenade nocturne, vous avez fait l'amour et, à ce que tu te rappelles, c'était drôlement majestueux comme geste parce qu'il y avait drôlement plus qu'une partie de fesses qui planait dans l'air de cette chambre chaude et humide. Ça vous paraissait si grandiose et si intouchable, ce que vous façonniez cette nuit-là, que vous n'avez pu faire autrement que de remettre cela une seconde fois sans même vous donner le temps de reprendre votre souffle.

Vous ne parliez pas : vous goûtiez. Tu planais tout en tentant de retrouver ta respiration disparue au fond d'elle-même. Enveloppés par votre commun essoufflement, tu posais ton regard sur les divers objets qui faisaient acte de présence. Le réveil affichait trois heures seize du matin, pas une minute de plus, pas une seconde en moins. Le temps n'avait plus d'emprise. Vous planiez sur votre nuage de vêtements éparpillés. Tu t'es retourné sur le dos. Elle a posé sa tête sur ton épaule. Elle te caressait le ventre. Elle voulait parler, mais elle refusait de rompre le charme de votre silence.

C'est parti comme un réflexe maternel, comme une bouffée de chaleur inaltérable :

– J'aimerais avoir un enfant.

– Un quoi ?

– Un enfant, un bébé, quoi.

– Un enfant ? Un bébé ? Eh ben, y'a pas de quoi crier au génie, rien de nouveau sous le soleil de Satan. Y penses-tu vraiment ? Et qu'est-ce qu'on ferait d'un enfant ? Et où est-ce qu'on le mettrait ? Et qu'est-ce que ça nous apporterait qu'on a pas déjà ? Et qu'est-ce qu'on ferait de nos nuits à part de les passer blanches ? Et qu'est-ce qu'on ferait de l'aide gouvernementale qu'on offre aux jeunes familles qui en sont à leur premier-né à part que de faire vivre l'industrie de la couche ? Et qu'est-ce que je ferais moi, qui ne saurais même pas comment le prendre pour le bercer et l'endormir une fois pour toutes, pour le bercer et le balancer par-dessus le balcon parce qu'il me casse les pieds avec ses caprices de nourrisson ? Et qu'est-ce que je ferais moi, qui ne suis même pas foutu de supporter mes propres excréments ? Et comment je ferais pour lui donner un nom, moi qui ne suis même pas capable de m'en faire un ?

Ta réplique l'avait ébranlée. Ébranlée de façon à réajuster son tir. De façon à ce que la prochaine flèche t'arrive droit au cœur. Tu l'avais blessée dans ce qu'elle avait de plus fragile : ses rêves de femme, son horloge biologique. À partir de cet instant précaire et précis, rien ne serait plus pareil. La porte se refermerait définitivement. Tu avais perdu la clef. Et en cette nuit d'été trop chaude et trop humide dans ce quartier de Côte-des-Neiges, vous aviez atteint l'apogée. Les ingénieux ingénieurs se chargeraient du reste.

On paie le prix de ses erreurs et on le paie cher. C'est pourtant si simple, avoir des enfants. Où ça devient plus compliqué, c'est lorsqu'il faut les aimer... surtout lorsqu'il n'y en a que pour la mère, que pour ses beaux-grands-yeux-qui-engloutissent-tout-l'univers.

Toutefois, si c'était à refaire, tu ferais tout le contraire. Tu lui en ferais, des enfants. Deux, dix, vingt, des gros, des petits, des sages, des braillards, des sauvages, des chétifs, des shérifs, des hyperactifs... Tu lui en ferais assez pour lui enlever de l'esprit qu'un jour elle pourrait te quitter, assez pour satisfaire son idéal, assez pour préserver le tien, assez pour t'éteindre allègrement à ses côtés au travers des biberons et des coliques avec comme seule réplique tes yeux bouffis et tes rides prématurées. Elle t'avait soumis un projet pour deux, mais tu étais trop convaincu que vous ne formiez qu'un. On paie le prix de ses erreurs et on le paie cher. On le paie de son idéal. Pourtant, tu l'aimes toujours autant.

□

Tu y as cru aussi longtemps que tu as pu. Lorsque tu n'en as plus pu, tu n'y as plus cru... sans plus. Au début, tu croyais sans distinction, sans différenciation ; tu croyais tout jusqu'à ce que tu découvres que tu avais été trompé, que tu t'étais fait baiser et rouler comme un enfant de cœur par un enfant de chienne. Maintenant, tu ne crois plus en rien : même plus en toi. Tu ne crois plus en toi, parce que la fierté en a mangé toute une : elle s'est fait tabasser par un sentiment d'infériorité. À ce stade, il ne reste plus qu'à croire en leurs dieux façonnés de toutes pièces, à ceux qui ont réussi, à ceux capables de performer contre vents et marées. La performance dans toute sa magnificence.

Performer, performer, performer, performer : ce sacrament de mot emprunté à la langue de Shakespeare, ce mot répercutant qui te perfore les tympans comme le cri incessant d'une ambulance... tympan ! tympan ! tympan !

Plutôt que de courir continuellement après ta queue, de n'en plus finir de croire en ta victoire, aussi bien attendre le peloton de tête à la ligne d'arrivée et proclamer le premier bon premier et le deuxième bon deuxième et le dernier bon dernier, tu feras mieux la prochaine fois, tu pourras pas faire pire que ça, et ainsi de suite sans trop te donner la peine de t'essouffler. Attendre le peloton d'arrivée et consacrer un champion parmi les champions. Un peloton d'arrivée de champions qui, gloire dans l'âme, devient ton futur peloton d'exécution.

Au fil d'arrivée, il n'y a de mérite que pour les performants, que pour les premiers de case. De la case de grande classe, bien casée, bien classée avec le prestige et l'admiration qui viennent avec... avec le suprême confort et les voitures sport qui viennent avec... C'est ça la grande vie, l'échelle supérieure, la marche accomplie. Et que les autres zozos lisent les journaux et écoutent la radio, faute de volonté, faute de performer, trouble-fêtes et fauteurs de troubles qu'ils sont. Qu'ils se gavent du nectar de la pâmoison, faute de la moindre ambition.

Faute de croire en soi, ça prend des héros, ça prend des idoles pour se faire une image positive de ce qu'on aimerait avoir l'air, l'air de rien. Comme tous les autres, tu ne dois pas te contenter du premier qui passe, il te faut le premier qui passe par-dessus tout le monde, qui les écrase comme tu aimerais tant les écraser. Qu'ils en profitent, ces premiers de case. Il faut se fier à la loi de la gravité pour les voir retomber sur le plat du ventre, pour les voir redescendre de leur nuage évanoui en fumée. Il n'en sera que trop divertissant de les voir se casser la gueule dans des retours infructueux. Il n'en sera que trop réjouissant de les surprendre à téter inlassablement le sein désormais asséché qui les a hissés au sommet de leur carrière de *performer*. Ils reviendront au niveau du sol : là où ça fait très mal lorsqu'on retombe sur ses pieds d'athlète ou de vedette déchue.

Faute d'avoir performé, il ne reste que la moquerie et l'ironie en guise de consolation. Te payer la tête de tous ceux qui ont mis toutes leurs énergies à accumuler des victoires, mais qui ne remporteront jamais aucun championnat. Ils auront au moins eu le mérite d'avoir essayé tandis que tu ne te seras même pas donné la peine. Il n'y a toutefois pas de peine à avoir. Tant qu'à être à la queue, il est préférable d'être bien derrière : la vue d'ensemble y est bien meilleure, sacrament.

□

Un mois que tu n'as pas vu passer tellement il semblait figé sur place, immobilisé dans la glace. Un mois où chaque matin tu te réveillais dans l'attente de la nuit, où chaque nuit tu t'endormais en croyant y laisser ta peau. D'interminables heures dans ce bunker à exsuder par chacun de tes pores le fruit intoxiqué de ta nature impure. Un mois qui fait mûrir jusqu'à en moisir au frais. Au frais de l'État et au frais des contribuables qui contribuent de leur soutien financier à leur tranquillité, bien à l'abri du danger et bien immunisés contre toute attaque d'écervelés bien compartimentés entre quatre murs qui les voient mûrir.

Faut dire que des murs, des cloisons et des barreaux avec une telle sécurité maximale, ça ne pousse pas tout seul comme des fleurs : il faut y injecter un peu d'engrais monétaire si l'on souhaite les voir s'enchevêtrer les uns aux autres. La sécurité publique, ça se paie. La bonne conscience aussi. Lorsque ça ne suffit pas, il reste toujours la guignolée, les paniers de Noël et les autres choses comme ça spécialement conçues pour déculpabiliser et alléger le cœur des bourgeois.

Tout ça pour dire que c'est aujourd'hui qu'on te change de section. Tu passes de Bob, le bourreau, à la thérapie de bureau. Peu importe le spécialiste, ils ont tous la piqûre de la pilule. Le comprimé magique qui te met à carreau, qui te tranquillise à coups de masse dans la tête. Vite ingurgité, vite anesthésié.

On te redonne quelques effets personnels. On t'escorte jusqu'à ta nouvelle chambre. On revient te chercher, on ne te perd pas de vue et on t'amène jusqu'au bureau de ta terre-à-pute. Elle s'est absentée et elle sera de retour dans quelques minutes. Tu l'attends. Tu fouilles dans les poches de ton pantalon. Tu mets la main sur un bout de papier : un numéro de téléphone. Tu te précipites sur le récepteur.

– Oui, allô !

– Salut. Est-ce que tu me reconnais ? C'est p'tite tête.

– Comment veux-tu que je te reconnaisse? Avec moi, tous les gens sont des p'tites têtes.

– On a fait la tournée des grands ducs ensemble et à la fin de la soirée j't'ai demandé si tu pouvais me passer dix dollars. Tu te souviens?

– Casse-toi pas la tête, p'tite tête, t'es pas obligé de me rembourser, ça me dérange pas. Ça fait partie de mes actions au service de la communauté. Allez, prends-en une à ta santé et puis, s'il t'en reste encore un peu, achète mon dernier roman, ça me fera chaud au cœur ainsi qu'à mon éditeur.

– Non, c'est pas pour ça que j't'appelle. J'suis dans la marde. Il faut que tu m'aides.

– Qu'est-ce qu'il y a encore?

– On m'a enfermé dans un asile, il faut que tu me sortes d'ici.

– Qu'est-ce que t'as fait, Jésus-Christ?

– Le cave. Sors-moi de là.

– Où est-ce que t'es?

– Je te l'ai dit, à l'asile, pis j'ai pas envie de rester icitte une journée de plus.

– Jésus-Christ, t'as dû faire le cave pis peut-être même le sous-sol au complet pour te ramasser dans un trou pareil.

– C'est pas le temps de rire. Sors-moi d'icitte.

– Qu'est-ce que tu veux que je fasse? Que j'aille t'enlever? Que j'aille te chercher en hélicoptère? Que je fasse sauter la baraque? Que je fasse une prise d'otages? Que je baise avec les gardes, que je les assomme pis que je me sauve avec toi? Que je...

– Sors-moi d'icitte, c'est tout c'que je veux.

– J'sais pas moi, appelle ta famille ou ta blonde, ou ton travailleur social ou...

– T'es le seul qui peut m'aider, sacrament, laisse-moi pas tomber.

– O.K., O.K., calme-toé, j'vais voir c'que je peux faire.

– Qu'est-ce que tu penses faire?

– J'le sais pas, ça vient pas tout seul de même. Je vais y penser pis j'te rappelle, O.K.? Salut!

– Niaise-moé pas, tu sais ben que tu peux pas m'appeler, icitte.

– Laisse-moi réfléchir pis calme-toé, tu vas t'en sortir.

– Eille, laisse-moi pas tomber…

Il a raccroché. Tu as rappelé, mais il n'a pas répondu. Tu sais qu'il ne fera rien. Tu sais qu'il s'en lave les mains. La seule chose qui lui importe, c'est d'écrire, de vendre ses livres, de jouer à l'écrivain, de jouer la vedette et de faire tout son baratin.

À l'heure qu'il est, il doit raconter à ses amis qu'il y a un pauvre type, avec qui il a fraternisé un soir de galère, qui lui a téléphoné pour le supplier de le sortir de l'asile. Ils doivent se tordre de rire. Ils doivent lui demander où il va chercher tout ça, lui dire qu'il est vraiment inspiré et qu'il est un petit génie, un petit futé. Ils doivent lui dire que c'est une idée de départ du tonnerre pour sa prochaine publication. Ils doivent lui dire tout en reprenant leur souffle que ces histoires de fou n'arrivent qu'à lui. Ils finissent par reprendre leur sérieux et ils lui font comprendre qu'il ne faut pas laisser ses coordonnées à n'importe quel zozo avec qui on trinque et qu'il devrait mettre la pédale douce sur la boisson, sinon ça finira par être lui qui sera interné et qu'ils iront lui porter des oranges et des bananes tous les dimanches à Louis-Hippolyte. Tu sais tout ça et ça fait mal.

Tu ne sais pas ce qui t'a pris. La détresse peut-être. L'isolement sûrement. La nécessité de te rassurer, de te persuader que tu ne finiras pas tes jours dans cette impasse. Probablement le besoin de ressentir de nouveau tes palpitations cardiaques. Sûrement le besoin de savoir ta liberté encore possible. Le besoin d'aide, sacrament.

☐

Le vieux Rudy est mort ce matin dans le lit d'à côté. Il est mort et il va dorénavant cesser de vous les casser avec ses mensonges à dormir debout dans sa camisole de force. Il racontait à peu près n'importe quoi. Il déblatérait à longueur de journée. Un vieux débile avec l'usage de la parole. C'est la langue qu'il aurait fallu lui couper au lieu des fibres nerveuses. Il disait qu'il avait fait les deux grandes guerres, qu'il avait eu jadis un château dans le sud de la France, que son arrière-grand-mère était de descendance directe avec le roi Henri IV, que sa petite-fille était un des mannequins les plus en demande aux États-Unis et qu'elle l'avait déjà emmené dans des toilettes publiques et qu'elle l'avait sucé et qu'elle était vraiment vicieuse et vraiment cochonne avec son grand-père et qu'elle aimait les vieillards parce qu'ils étaient plus inoffensifs que les jeunes mâles de son âge qui n'arrêtent pas de se battre entre eux et de battre leurs copines lorsqu'ils n'ont plus personne sur qui se rabattre… et ça n'en finissait plus jusqu'à ce qu'on lui apporte ses comprimés, jusqu'à ce qu'il la ferme et qu'il se mette à ronfler comme un moteur de DC-8 déficient et défectueux et qu'il vous fasse encore chier même dans son sommeil parce qu'il vous empêchait de dormir, maudit vieux satyre. Tout ça pour dire qu'il mentait comme il respirait la nuit : fort en sacrament.

À présent, il ne respire plus. Il ne mentira plus. Tous savaient que dès qu'il ouvrait la bouche c'était pour raconter des niaiseries et c'est pourquoi personne ne l'écoutait vraiment. Sauf peut-être le poète Bjorne qui, comme il le répétait si souvent, puisait dans ce vieux radoteux une source d'inspiration tout en lui trouvant un air commun avec son père défunt. Faut tout de même préciser que tout ce qui gravite autour du poète Bjorne est propice à éveiller son souffle créateur. Même toi, qui, semble-t-il, ressembles à son cousin Nikolas, tu lui procures de grandes illuminations. Tout le monde ressemble à un membre de sa famille et c'est ainsi que tout le monde l'inspire, même les pires.

– Le vieux Rudiment est mort.

– Qui?

– Le vieux Rudiment.

Lorsqu'il a saisi le jeu de mots, ça l'a tellement épaté qu'il est parti au galop écrire la trouvaille dans un de ses multiples cahiers que les gardes lui confisquent au fur et à mesure que s'accumule son écriture. Question de lui imposer une thérapie qui s'appuie sur ce qu'il écrit, question de l'analyser et de l'étudier sous tous ses angles pour encore moins le comprendre.

Malgré tout, tu l'aimes bien, le poète Bjorne. Il te ressemble un peu. Il s'obstine à former son propre monde malgré le tragique de sa situation. Il joue la tête dure tant et aussi longtemps que le plaisir dure, il joue la tête forte tant et aussi longtemps qu'ils ne se l'arracheront pas pour un de leurs nombreux projets de recherche.

Le poète Bjorne, ce qui le différencie, c'est qu'il écrit ce que tu n'as jamais vraiment osé dire, ce que tu n'as jamais vraiment osé revivre depuis le départ des beaux-grands-yeux-qui-engloutissent-tout-l'univers : l'essentiel, la beauté dans la simplicité, l'amour tout court sans mille et un détours, la beauté dans la naïveté, la grandeur dans la candeur, le bonheur de l'intérieur.

Oui, tu l'aimes bien, le poète Bjorne. Chaque jour, tu en sais un peu plus sur lui. Il se dévoile par bribes, à petite dose. Pour le reste, tu écoutes les conversations à son sujet. Il a vécu trente-quatre ans en Suède. Il travaillait pour un institut de recherche. Il nourrissait les rats de laboratoire. Il vivait dans un quartier mal famé, dans un appartement infesté de souris. Un beau matin, il eut son souper des rongeurs. Il quitta son pays d'origine et vint s'installer dans le quartier Centre-Sud. À peine venait-il d'emménager qu'il découvrit que son logement abritait une famille de rats : d'égout cette fois-là. Les rats d'égout, ça ne lui a pas plu du tout. Paraît-il que ça l'aurait même rendu fou.

Peut-être qu'on t'a encore monté un bateau. C'est le passe-temps des cinglés ici, monter des bateaux et couler avec. Cet asile est une véritable trappe à menteurs qui s'éteignent comme des lampes arrivées au bout de leur huile. Comme si mentir réduisait l'espérance de vie, comme si conter de la broue les rendait un peu plus fous. Si tel est le cas, il y a longtemps que ce vieux moribond de Rudy aurait dû bouffer du pissenlit par la racine. Grâce à Dieu, il a eu droit à du supplémentaire. Si c'est Dieu qui fait la justice ici-bas, vaut mieux se la faire soi-même. Il y a plus de chances que le travail soit mené à terme. Le vieux Rudiment, lui, est arrivé au bout de son terme. Ça s'est passé ce matin dans le lit d'à côté. Il est parti sans même crier : «Garde!» Il est parti sans même toucher à son petit-déjeuner, lui qui mangeait comme un goret. Il est mort et tu es toujours vivant. Mais il faut constamment que tu te pinces pour t'en persuader. Il est mort et toi, tu te pinces encore.

☐

Le manège qui repart de plus belle. La fête foraine avec les mêmes critiques-analystes qui possèdent la science infuse du comportement humain diffus. Le cirque est en ville avec la même pâture remâchée et jetée à nouveau dans la fosse aux psy.

Des analystes chevronnés, leurs diplômes en témoignent, mais de bien piètres novateurs. Que voulez-vous, ils n'ont pas fait des études en création littéraire ou en animation culturelle. Pour la xième fois, elle te repasse le test de l'association d'images. Des sacraments de dessins abstraits qui sont supposés t'inspirer tout en dévoilant ta face cachée. Ensuite, ça permet à madame d'examiner, de considérer, de décomposer, de décortiquer et de t'achever à la loupe. Ça permet à madame d'exercer sa profession sur ton compte en souffrance. Ça permet à madame d'attester la véracité de ses hypothèses et de présenter sa nouvelle approche à ses collègues lors de colloques où elle joue à la plus forte. Bref, ça permet à madame de gagner sa vie et de mettre la tienne en boîte. Tu es devenu un outil qui n'a pas de prix aux yeux de la science. Une maladie mystique, un méchant capoté passionnant à examiner. De guerre lasse, tu en as ta claque d'être sur le pied de guerre avec cette spécialiste des tactiques déloyales. Elle a toujours le gros bout du bâton, mais tu as la tête dure. Sauf qu'à force de frapper elle va finir par la casser. Ta tête comme un simple jouet.

Tu baisses pavillon. Tu lui objecteras dorénavant ce qu'elle voudra bien entendre : des réponses sur mesure qui faciliteront son travail d'étiquetage de marchandises défectueuses. Ton cas pathétique sera réglé. Elle aura enfin mis le bout du doigt sur ton gros bobo. Elle aura enfin mis tous les points sur tes *i* comme dans inapte. Dossier classé, prime de la corporation et vivement deux semaines de vacances en République dominicaine loin des idiots du bureau.

Son sacrament de test d'association d'images, c'est son cheval de bataille sur lequel elle jette son dévolu lorsqu'elle ne sait plus où donner de la tête pour comprendre ce qui se passe dans la tienne.

    – Qu'est-ce que cette image vous inspire ?

    – Rien.

    – Allez, faites un effort. Concentrez-vous.

    – Ça me dit absolument rien. Rien. Rien.

    – Regardez de plus près. Vous ne voyez pas des formes ?

    – Des formes ?

    – Oui, il y a des formes dans ce dessin. Dans tous les dessins, il y a des formes, n'est-ce pas ?

    – Bon, correct, si vous le dites, y'a des formes.

    – Quel genre de formes ?

    – N'importe quel genre.

    – Plus précisément ?

    – Des formes malades, tiens. Des formes qui ne sont pas en santé et qui doivent rester au lit, des formes alitées.

    – Des formes malades, vous dites ? Qu'est-ce que vous entendez par des formes malades ?

– C'était juste une farce, sacrament. Juste pour faire un jeu de mots.

– Oui, mais, par conséquent, quel genre vous leur donnez, à ces formes ?

– Demandez-leur, elles vous le diront peut-être.

– S'il vous plaît, un peu de sérieux. Concentrez-vous. Est-ce que ce sont des formes rondes que vous voyez dans ce dessin ou ?...

– C'est ça, des formes rondes.

– Et quelle image ça vous inspire ?

– Ça m'inspire des ronds, bien ronds, ronds comme des ronds et pas carrés pantoute.

– Lorsque vous pensez à des ronds, qu'est-ce que vous voyez dans votre tête à l'instant où je vous parle ?

– Je vois des ronds, qu'est-ce que vous voulez que je voie d'autre ?

– Quelle image ça vous inspire ?

– Ça m'inspire des fruits, tiens. Vous êtes contente ?

– Quel genre de fruits ?

– Toutes sortes de fruits ronds.

– Pouvez-vous être plus précis ? Des oranges, des...

– Oui, c'est ça, je vois des oranges en fin de compte.

– Elles sont grosses ?

– Ouais, pas mal.

– Quel genre de grosseur ?

– Sais pas.

– Concentrez-vous.

– Elles sont plus grosses que la normale, tiens.

– Grosses comment ?

– Grosses comme des oranges plus grosses que la normale, sacrament.

– Soyez plus précis.

– Grosses comme des oranges aussi grosses qu'une paire de seins, tiens. Ouais, des seins bien gros, bien ronds, bien fermes et bien en chair. Encore plus précis peut-être ? Des beaux gros seins comme les vôtres avec des petits mamelons roses au bout, parce que ça doit être des petits mamelons roses que vous avez au bout, car derrière votre soutien-gorge, ç'a pas l'air très foncé. Quel genre de mamelons roses au bout? Des mamelons roses au bout qui, quand on les mordille, deviennent durs, durs. Durs comment? J'le sais pas, mais si t'enlèves ta chemise j'vais pouvoir t'le dire. J'vais les mordiller juste un petit peu chacun leur tour, sans traitement de faveur pour l'un ou pour l'autre, pis j'vais les mettre dans ma bouche, pis y vont faire rien qu'un beau rond, pis tu vas aimer tellement ça que tu vas en redemander, pis que tu vas même en donner du lait, pis que tu vas même en mouiller ta petite culotte comme jamais ton mari l'a encore mouillée, pis ensuite j'vais rentrer un...

Plus tu lui en disais et plus tu te prenais au sérieux. Tu prenais de plus en plus tes paroles pour des réalités. Elle s'est vite aperçue que ça ne tournait pas rond, que tu avais une fixation sur ses nichons. Ça l'a rendue terriblement nerveuse. Trop à son goût. Sa main étant plus vive que tes viles intentions, les gardes ont fait irruption avant même que tu n'aies attenté à sa poitrine.

— Ce sera tout pour aujourd'hui. Reprenez vos sens, retrouvez vos esprits, pour l'amour! Nous poursuivrons un autre jour.

Toi qui pensais lui enlever le goût de te tester, de te questionner, de te charcuter. Toi qui pensais l'effrayer suffisamment pour qu'elle s'empresse de te cataloguer dans la catégorie des obsédés invétérés. C'est raté. Tu t'es laissé emporter bien malgré toi. Elle ne te lâchera pas si facilement. Elle aime trop s'accrocher à sa proie pour la laisser filer comme ça. Tu lui as donné une nouvelle piste, un nouveau sentier qu'elle se hâtera d'explorer. Une fausse piste. Qu'elle fasse son boulot. Qu'elle s'amuse.

Le problème, c'est que ça ne t'amuse plus. Le manège t'étourdit. Tu en as assez d'être le clown que l'on dresse pour qu'il fasse des tours de chien savant pour plaire aux plus savants que lui. Tu veux juste être un clown triste qui emmerde les grands autant que les enfants. Plus écœuré que ça, tu meurs. Plus dégoûté que ça, tu bouffes ta merde, sacrament.

☐

Tu ne l'attendais plus. Tu ne l'espérais plus. Quand on entre ici, l'espoir, on le range dans une boîte avec tes effets personnels. Ils ont ouvert la porte et elle est apparue comme une lumière au plus profond de ton tunnel.

Tu lèves les yeux et tu la contemples comme une richesse que l'on ne peut s'approprier qu'en partie, une montagne sur laquelle on ne peut s'élever qu'en partie. Toujours place pour mieux, mais jamais autant qu'elle. Tu te sens de nouveau en vie. Tu renais au travers de ton grand foutoir. Tu surgis par-delà ta purge. Elle n'a pas changé d'un trait. Elle est toujours la même, égale à elle-même. Égale à ce soir où les clients qui marivaudaient à ses côtés ne ressemblaient qu'à de pâles doublures auxquelles on avait extirpé toute forme d'éclat... à ce soir où lui résister prouvait qu'elle était la plus forte, à ce soir où elle relevait du divin. Chthonienne, ta seconde et dernière chance, ton ultime planche de salut, ton feu sacré, ton feu d'artifice aux couleurs miroitantes. Chthonienne, ton agréable surprise, adorable présence.

Elle est même parvenue à ajouter, malgré elle, une corde de plus à son arc séduisant. La canne lui confère un air de noblesse, lui procure les appas de la sereine sagesse. Elle s'approche péniblement un pas après l'autre. À chaque mouvement, elle tremble, elle hésite, elle avance. À chaque mouvement, elle lutte contre une fin tragique. Sa volonté n'a d'égale que son indissociable beauté. Elle avance. Elle n'arrête pas d'avancer. Elle est forte. Elle est noble.

Elle te lance un sourire rempli de gêne. Sa nouvelle situation l'affecte et l'intimide. Elle sent que ses propres moyens la trahissent, que ses propres forces l'abandonnent progressivement. Elle se sent contrainte et humiliée par ce manque de coordination et d'équilibre. Mais elle n'abandonne pas. Elle avance. Elle ne cesse d'avancer. Le recul est impossible. L'abdication est interdite. Elle ne comprend pas et elle n'accepte pas. Accepter, c'est se résigner. Elle s'en sortira et l'on ne pourra pas en dire autant de toi.

Elle est assise face à toi. Tu la regardes comme une œuvre immaculée. Tu la compasses et la convoites, tu la consumes et la consacres, tu la consommes et la contemples. Elle est le temple qui calme ta tempête. Elle est si rafraîchissante que tu t'y noierais volontiers pour en finir une fois pour toutes avec la poisse qui te colle à la peau.

Elle n'a rien perdu de ses regards provocateurs. Elle est la femme-araignée et tu es sa mouche à marde. Tu es pris dans ses filets et tu ne te débats même pas. Elle a tissé autour de toi des liens plus forts que ceux du sang. Et le sang vous lie déjà.

Elle t'a dans ses beaux draps et tu as si peu à lui offrir, mais tu le lui offres tout de même pour la contempler le temps que ça dure. Ta cote est à la baisse. Plus basse qu'un arrêt cardiaque. C'est pas fort et ça palpite encore. Ça vaut pas cher la livre. Ça vaut son pesant de marde. Produit nocif à la consommation. Mec avarié. Passé date, passé out. Passé du côté des denrées desséchées, du côté des vivres qui manquent de plus en plus de pouvoir-vivre, de plus en plus de savoir-faire une bonne affaire avec son stock périmé, déprimé.

Nul doute qu'elle a un effet monstre sur l'horreur que tu te résignes à être. Elle réanime tes élans qui furent si longtemps unanimement inanimés. Elle est tout ce qu'il te reste et tout ce qu'il te faut, mais tu présumes que ce ne sera pas suffisant pour te sortir de la boue dans laquelle tu t'es empêtré. N'empêche que tout ce que tu peux lui donner, tu le lui donneras. Le rêve. Surtout, le rêve.

– Tu te souviens de ma proposition? Elle tient toujours.

– Quelle proposition?

– Est-ce que ça te tente de partir avec moi?

– Ça me tente plus que jamais.

– Tu sais ce qu'il te reste à faire. Sors-toi d'ici et on fout le camp.

– Penses-tu qu'ils ont des asiles où on ira?

– J'le sais pas et j'vais tout faire pour que tu y retournes pas. J'vais t'injecter du bonheur dans ta déprime.

– T'es mieux d'avoir une bonne seringue.

– S'il te plaît, reprends le dessus. Travaille pour te sortir de là.

– J'vais faire mon possible pour...

– Je ne veux pas que tu fasses ton possible, je veux que tu fasses l'impossible. J'vais attendre le temps qu'il faudra, mais aligne-toi vers la sortie. Ne pense qu'à sortir d'ici. Promis? Hé, promis? Promets-moi que tu vas tout faire en ton pouvoir pour sortir d'ici. Promets-le-moi.

– Promis. Je vais tout faire pour sortir d'ici... Réserve les billets d'avion.

– Je t'attends. Je t'aime.

– Promis.

Le rêve, c'est tout ce qu'il nous reste, sacrament.

En guise de conclusion, puisqu'il faut bien finir un jour

Rien ne changera jamais, ici. Ici, le temps, lorsqu'il s'est pointé le bout du nez, on lui a comme avec toi passé de force la camisole. On lui a fait avaler de quoi faire perdre toute notion du temps, et on l'a immobilisé sur un des crochets à l'entrée. Depuis, le temps est suspendu. Il arrive parfois la nuit qu'on le voie passer dans le corridor mal éclairé. Il a beau passer puis repasser, il est comme toi, il ne va jamais bien loin. Tu ne t'apercevrais même pas qu'il est là, si tu ne voyais pas les jours et les nuits se succéder à un rythme fou. Une journée, une nuit, une journée, une nuit et le temps fuit. Il fait bande à part, cavalier seul. Il fuit comme si tu incarnais la peste, comme s'il n'en avait rien à faire que tu perdes tes jours et tes nuits à attendre que rien ne se passe. D'ailleurs tu n'attends même plus. Tu regardes passivement passer jusqu'à ce que ça ne passe plus. Une journée, une nuit, une journée, une nuit jusqu'à ce que tu meures ici, jusqu'à ce que tu te meures d'ennui. Chaque jour est un morceau de vie; chaque nuit, un début de fin. Chaque jour est une histoire courte; chaque nuit, une épopée.

Le temps, tu ne t'apercevrais même pas qu'il est là s'il ne laissait pas ses traces indélébiles. Tu as des cheveux blancs, maintenant. Des cheveux blancs témoins du temps qui passe dans le corridor mal éclairé. Des cheveux blancs qui, comme toi, vont finir par tomber, par se laisser choir sur ce plancher éclatant de propreté. On va les ramasser comme on le fait dans les salons de coiffure. On va les balayer de cette surface cirée, de cet abîme astiqué, aseptisé. On va tenter de te faire oublier ton crâne déplumé. On va en profiter pour te refaire une beauté dont tu ne sauras profiter puisqu'elle ne profitera à personne. Bref, on va s'entêter à te remonter le moral tout en continuant à te démonter la cervelle. Peu importe. Ça n'empêchera pas le temps de passer puis de repasser dans le corridor mal éclairé. Ni même le jour, ni même la nuit. Chaque jour est une seconde chance. Une seconde chance dont tu ne veux plus profiter. Chaque nuit est un pas en arrière... un échec au changement.

Non, rien ne changera jamais, ici. Toi non plus, tu ne changeras pas.

Remerciements

À Richard Proulx pour la première étape de correction, à Marie-Claire Corbeil et à Pierre Turgeon pour les conseils et la confiance, et à Nathalie Racine pour le bonheur et la chance.

Social zéro
composé en caractères Times corps 12
a été achevé d'imprimer
sur les presses de l'imprimerie Héon & Nadeau ltée
à Victoriaville
le dix-sept janvier deux mille
pour le compte des Éditions Trait d'union

Imprimé au Québec